「あのあの、市瀬さん！
どこに行くか説明して
くれませんか？」

学校では愛されキャラな彼女は
斎藤未希
さいとう・みき
千佳が大好きで甘やかしまくる
文武両道な完璧女子。
親バカならぬ親友バカ。
里見千佳
さとみ・ちか
『安らぎの天使』と呼ばれる
愛されキャラ。放課後を一緒に
過ごすようになった颯真にのみ、
愛され天使なだけではない、
いたずら好きな一面を
見せるようになる。

市瀬颯真
いちのせ・そうま
夢はパティシエという
お菓子作りガチ勢の少年。
放課後を一緒に過ごすようになった
千佳との刺激的な日常に、
ドキドキさせられることに。
放課後はいたずら大好きな天使様

「私、こんな風に
力いっぱい抱きしめられたり、
ピッタリとくっつくって
初めての経験です」

愛され天使なクラスメイトが、俺にだけいたずらに微笑む 1

水口敬文

HJ文庫
1093

口絵・本文イラスト　たん旦

The classmate who is adored by everyone, smiles teasingly only at me

1

CONTENTS

プロローグ

雲一つない気持ちのいい秋晴れの空が、どこまでも広がっている。

今日は絶好の行楽日和で、植物公園内の広大なピクニックエリアでは、多くの人たちが思い思いの時間を過ごしていた。家族でお弁当を楽しんだり、友達同士でキャッチボールをしたり、一人でテントの中で昼寝をしたり。

のどかでのんびりしていて、心地いい。

爽やかな風が若草色の芝生を優しく撫でていく。

颯真と千佳は、そんな気持ちのいい草原の片隅にレジャーシートを広げて、千佳が作ったお弁当を食べていた。

「うん、この唐揚げうまい」

「そうですか？　だったら嬉しいです」

おにぎり片手に唐揚げを頬張った颯真が感想を言うと、ハラハラと不安げな表情で見守っていた千佳はホッと安堵の息を漏らした。

「失敗していたらどうしようって、すごく心配してましたから」

「自信持てよ。唐揚げだけじゃなく、他のも全部おいしいぞ。料理初心者にしては大大大成功だろ」

弁当箱の中には、唐揚げに玉子焼きにひじき煮、ポテトサラダにほうれん草の胡麻和え、パプリカの三色マリネとカラフルなおかずが詰め込まれている。メニューそのものはオーソドックスだが、一つ一つが丁寧に作られていて、どれもすごくおいしい。

彼女の失敗を知っているだけに、この出来は驚嘆に値する。きっと、すごく頑張ったのだろう。

「お弁当を作ることができて満足です。また一つ、やりたいことができました」

そう言って、千佳はふんわりと笑った。

「いつもの千佳は、友達の弁当を食べさせてもらうばかりだもんな」

「そうなんですよね」

弁当箱を空にしてお茶を飲みながら教室での千佳の様子を思い返すと、彼女はわずかに苦笑を漏らした。

「ずっと、お友達にお弁当を食べてもらいたいって思ってたんです。その願いがようやく叶いました。お弁当だけじゃありません。颯真さんのおかげで色んなことに挑戦できて、すごく楽しくて充実しています。本当に、ありがとうございます」

「お礼を言われることなんかないって。お互い様だろ」

と、持参した保冷バッグをポンポンと叩いて見せる。

「さて、次は俺の番だな」

「すごく楽しみにしていました。今日のデザートは何でしょう？」

ワクワクし始める千佳の前で、とっておきのお宝を見せびらかす海賊のような気持ちになりながら、バッグを開けて中身を披露する。

「今日のデザートは、これだ」

真っ白な生クリームに覆われ、一粒のイチゴがルビーのブローチのようにあしらわれた三角形のケーキが姿を現す。

「ショートケーキですか！」

千佳がわぁと歓声を上げ、パチパチと拍手する。

「保冷剤を大量にぶち込んでおいたから、大丈夫だと思うんだけどな」

紙皿にショートケーキを載せ、プラスチックのフォークを添えて手渡す。

「綺麗ですね、真っ白で。王道のショートケーキって感じです」

千佳が紙皿をくるんと一周させて、美術品のようにケーキを鑑賞する。

それから、そうっと優しくフォークを生クリームの中に沈み込ませた。

「では、いただきます」

一言言って、ケーキを口に運ぶ。

食べた途端、彼女の顔が満開の花のようにほころび、輝き始める。

「おいしい！　颯真さんの作ったこのケーキ、とってもおいしいです！　特にスポンジケーキがふわふわで、口の中でほどけるみたいで上品な口当たりがします！」

両手をブンブン振って、おいしいを表現する。ものすごく幼い仕草だが、千佳らしい仕草とも言える。こういう少女なのだ、千佳は。

「お外でこんなおいしいショートケーキが食べられるなんて思ってもみませんでした。おうちや喫茶店で食べるのもいいですけど、お外で食べるのもいいですね」

「おいしいって言ってくれるのは嬉しいけど、それだけだと単に食べるだけだろ。試食係として、感想も教えてくれ」

颯真がそう言うと、千佳は少しだけ笑顔を引っ込めた。

「そうですね……。気になるのは、生クリームでしょうか。今日は電車に乗ったり歩いたりとそれなりの時間持ち運びする予定でしたから、それを考慮してのことかもしれませんが、泡立て過ぎて少し固いです。ふわふわのスポンジケーキとは対照的に、口の中でモロモロと塊を感じました。それから、塗っている生クリームの厚みが均一ではありません。特に側面。断面が綺麗に見えないですから、修正した方がいいと思います」

おいしいおいしいと喜んでおきながら、欠点もスルスルと挙げていく。

対する颯真の方も、欠点をあげつらわれても、落胆したりはしない。

「生クリームか。塗りの厚みは俺も気にはしているんだ。難しいんだよなぁ。そのうちリベンジするから、その時はまた試食してくれるか？」

「もちろんです！　だって、私は颯真さんの試食係ですから！」

千佳は自分の胸をポンと叩いて、快く応じてくれた。

と、彼女の右頬に生クリームがちょんと付いているのに気付く。喜んでフォークを振り回した時に付いたのだろう。

「千佳、ほっぺたにクリームが付いてるぞ」

「あら、それはお見苦しいところを」

と言いつつ、左頬に手を伸ばす。

「違う。逆だ」

今度は右頬をペタペタ触るが、微妙に狙いがズレて生クリームに届かない。

「もうちょい上だ上」

なんとかナビゲートしてやろうとするが、どうにもうまくいかない。

千佳も最初の内は颯真の誘導に従って生クリームを探り当てようとしたが、そのうちやめてしまった。

そして、何を思ったのか、自分の顔をぐうっと近づけてきた。

「颯真さんの口で、きれいにしてくれませんか？」

「は……？」

一瞬言葉の意味がわからず、間抜けな顔を晒してしまう。

そして、次の瞬間、顔が真っ赤に染まる。

「イヤイヤイヤ！　なんで俺が！　というか、なんで口で！　普通は手だろ⁉」

「だって、そっちの方が颯真さんが恥ずかしがるじゃないですか」

「当たり前だ！」

家族連れや友達グループがたくさんいる中で、女の子の頬に付いた生クリームを舐め取るなんてできるはずがない。

「恥ずかしがる颯真さんって可愛いから、私、大好きです」

とんでもないことを言いながら、悪びれることなくにっこりとほほ笑む。その笑顔は、先程までの子供っぽいものではなく、ひどく大人びて妖艶に見えた。

「おかしなところでおかしなスイッチ入れるなよ」

「お前な……！　こんなところでおかしなスイッチ入れるなよ」

「おかしなスイッチとは失礼なこと言いますね」

普段は子供っぽく、可愛いとか愛らしいとか言われている少女だが、時折、対颯真限定で真逆の顔を見せてきた。

大人びて、色っぽく、こちらをからかって楽しむ小悪魔な一面を。

「颯真さんが可愛いのがいけないんですよ」

そう言って、楽しそうにツンツンと鼻先をつついてくる。

「こっちは可愛いと思われたくて生きていないんだけどな」

可愛いと言われたって、ちっとも嬉しくない。こっちが恥ずかしくなるだけのからかいなんて、即刻やめてほしい。

だけど、これ以上強く言えない自分がいるのに、颯真は気づいていた。

大人びて見える彼女はとてもきれいで、ドキドキしてしまうから。彼女のこんな一面を見られるのは自分だけだから。

……どうしてこんな風になったんだろうな。

ほんの数週間前まで、たまに言葉を交わすだけの一クラスメイトでしかなかった。

クラスの女子に可愛がられまくっている子供っぽい女子、程度にしか認識していなかった。千佳の方も、颯真のことを洋菓子作りが趣味の男子、くらいにしか思っていなかったはずだ。

なのに、今は休日に一緒に出掛けるなんてことを当たり前のようにする間柄になってしまっている。

彼女と一緒にいる時間が、どんどん増えていく。

「ほらほら颯真さん、ほっぺたに付いた生クリームを取ってくださいってば」

恥ずかしがるこちらを見て楽しくなってきたのか、腹が立つくらい小生意気で素敵な笑顔を見せながら、グイグイ距離を詰めてくる。

「だから、するわけないだろ！　屋外でおかしなことをさせようとするんじゃない！」

「屋内ならしてくれるんです？」

「そういう問題じゃない！」

恥ずかしがったり、ドキドキしたり、叫んだり、逃げたり、笑ったり。

この少女と一緒にいると、ものすごく忙しい。

第一章　決意と芽生えのカヌレ

「ほら千佳、ワタシのクッキー食べてー」

「こっちのチョコもおいしいよー？」

「わたしのおせんべもどうぞ！」

「あのあの、そんなにいっぺんに食べられないですよぅ」

市瀬颯真が籍を置く一年四組の昼休憩は、いつだって賑やかで騒々しい。

「毎日毎日飽きないよなぁ、あいつら」

自分の席で焼きそばパンを齧りながら、そう呟かずにはいられなかった。

教室の中央に女子が十人ほど集まって、固まりを成している。皆一様にお菓子を握り締め、真ん中にちょこんと座っている女子に食べさせようとしていた。

ふんわりした印象の明るい茶色の髪をした少女が、差し出されたお菓子に目移りし、どれから食べればいいのかと困っている。

すると、目付きが鋭い黒髪ロングの女子生徒が、パンパンと手を叩いて注意を促し始めた。生真面目な雰囲気と高身長が相まって、ボディーガードかSPのように見えてしまう。

「こらこら、千佳が困ってるでしょ。順番よ順番！　さっきくじ引きで決めたとおりに並んでちょうだい」

指示通りにきちんと整列をすると、トップバッターの女子が、茶色い髪の少女——里見千佳にチョコチップたっぷりの大きなクッキーをどうぞと手渡す。

「ほら千佳、食べて食べて！」

「い、いただきます」

千佳は多くのクラスメイトに見られながらで恥ずかしそうに頬を赤く染めつつ、クッキーを受け取り、食べ始めた。せっせと手と口を動かすのだが、その様はどんぐりを頬袋に貯め込もうとする子リスを彷彿とさせて、あどけなく、可愛らしい。

「イヤアアアアッ！　カワイイイイイッ！」

女子たちから悲鳴に近い黄色い声が一斉に上がる。

「千佳、こっち見てこっち！　お菓子を頬張ったポーズで目線をちょうだい！」

クッキーをあげた女子がスマホを取り出し、パシャパシャとシャッターを切りまくる。

「まるっきり、アイドルの握手会だな。いや、パンダの観覧か」

大騒ぎしている女子たちを眺めていると、そんな感想が漏れてしまう。

「いいじゃないの、女の花園って感じでさ」

すると、一緒に昼食を食べている菊池翔平が、穏やかな笑みを見せながら宥めるような口調で言った。

「颯真は、汗臭い運動部のヤロウどもがギャハハとバカ笑いしているのと華やかなあっち、どっちがいい？」

「そりゃ、あっちだろ」

即答すると、だろう？　と翔平は薄く笑った。

「それにさ、単に騒いでいるだけじゃないんだしさ。あれはあれで、うちのクラスの女子にとっては、大きな救いの場なんだよ」

言いながら、ほらと箸で女子グループの方を指し示す。

二番目の女子が、マシュマロが詰まった袋を渡しながら、一緒に千佳の両手を握ってブンブンと振っている。

「この間相談したこと、うまくいったよ！　千佳に相談してよかった！　ありがとう！」

「そうですか。それはよかったです。ですが、私は何かアドバイスしたわけではないですし、お礼を言われるほどでも……」

「ううん！　聞いてもらえてすごく助かった！」

満面の笑みで感謝を伝える女子と戸惑い気味の微笑を浮かべる千佳のやり取りを一頻り眺めてから、翔平は、ね？　となぜか得意げな表情をしながら玉子焼きを食べる。

「『万能』と『安らぎの天使』のおかげでうちのクラスは平和だよ」

「平和はいいことだが、何度聞いてもダッサいな、そのニックネーム」

安直極まりない名称を聞かされて、思わず鼻白む。

一年四組の生徒が、お前のクラスの有名人は誰だ？　と聞かれたら、十中八九、斉藤未希と里見千佳の名前を挙げるだろう。

斉藤未希は非常に優秀な生徒だ。成績は学年トップ、運動神経も悪くなく五月に開催された球技大会は彼女の活躍で一年四組は優勝できた。一学期は学級委員長をこなし、二学期になってからは生徒会に立候補・当選し、一年生にもかかわらず副会長を務めている。ハイスペックこれに極まれり。もうコイツ一人でいいんじゃないか、と半ば本気で囁かれている。故に、『万能』。

里見千佳の方は、未希のように優秀な生徒ではない。成績は平凡、運動も平凡、生徒会役員でもないし、特定の部にも所属していないごくごく普通の女子生徒だ。だが、彼女の神髄はスペックとは無縁のところにある。

「ねえねえ千佳、抱きしめていい？　ううん違う。抱きかかえていい？　千佳ってフカフカして抱き心地いいのよ」

「あのあの、それはさすがに恥ずかしいんですけど」

「いいじゃない。それで写真撮らせて！」

彼女は、やたらめったら女子たちに可愛がられるのだ。マスコット的というか、小動物的というか、ぬいぐるみ的というか、とにかく女子たちの間で愛され、甘やかされまくっている。そんな雰囲気が打ち明けやすくさせるのか、悩み相談の相手としてもありがたがられていた。彼女がいるおかげで女子たちのストレスは軽減され、クラス内の空気が柔らかいものになる。故に、『安らぎの天使』。

実務的にはハイスペックな未希がいて、メンタル的には癒やしを与える千佳がいる。翔平が言うように、彼女たちが一年四組の平和に大きく貢献しているというのは否定できない。

しかし、

「『万能』と『安らぎの天使』ってニックネームはマジでどうかと思うぞ」

見た目美人で個性的な二人組の少女に注目が集まるのは当然だが、『万能』と『安らぎの天使』という異名はあんまりだと思う。彼女たちの特徴を鑑みれば的外れではない。だが、高校生としては恥ずかしすぎるし、バカみたいにダサいネーミングだ。もう少し捻れと言いたくなる。

「誰だろうな、『万能』とか『安らぎの天使』なんて言い出したのは」

「僕（ぼく）」

「お前かよ！」

クラスメイトの思いがけない告白に、焼きそばパンを吹（ふ）き出しそうになってしまう。

「ネーミングセンスゼロだな翔平」

「うるさいな。憧（あこが）れの彼女たちと少しでも接点が欲（ほ）しくて考えたんだよ」

「憧れ？　あいつらに？」

吹き出しそうになったパンを紙パックのトマトジュースで流し込みつつ、目を丸くする。

すると、その反応こそ意外だと目を見張りつつ、翔平が女子たちを指さした。

「あの集団をいいなーって思わない男がいるの？」

「俺」

颯真が自分を指さすと、クラスメイトはなんとも言えない表情になり、

「そりゃあ、颯真が変だからだよ。変態と言ってもいいね」

「なんだとこのヤロウ」

ムッとして睨（にら）んでやったが、彼（かれ）は撤回（てっかい）も謝罪もしない。それどころか、逆に責めるよう

な口調で言ってくる。

「颯真は自分の立場を理解していないんだ。あの女子グループの中に入れる数少ない男だっていうのに、その立場を全然有効活用していないんだから。もったいなさすぎるって。頭おかしいんじゃないかって言ってる奴もいるよ」

「大きなお世話だ。別にそういう狙いがあって、あのグループと接点を持っているわけじゃない。俺なりの目的があるんだよ」

やっかみの声が男子の間から上がっているのは知っている。女子たちにチヤホヤされてうらやましい、と。だが、だからどうしたというのが、率直な感想だ。

「だいたい、そんなにあの集団に近づきたいなら、俺と同じことをすればいいじゃないか。多分歓迎されるぞ」

焼きそばパンを食べ終えて、机の脇に引っ掛けている通学カバンからタッパーを取り出す。これが、颯真の『目的』なのだ。

タッパーを見せつけるように軽く振ると、翔平は苦笑まじりに手を振った。

「ゴメン、それはパス。僕の趣味じゃない。というか、男子で颯真レベルに作れる奴はこの高校にはいないよ。二番煎じなのに颯真以下のものを提供したら、それこそ下心を見透かされて門前払いを食らうのがオチだね。コロンブスの卵なんて言葉があるけれど、どんなことでも先駆者は偉大だよ」

「それ、褒めてるのか？」

引っかかるものを感じて、席を立ちながら翔平に疑いの目を向ける。

すると、彼は軽く肩をすくめて、

「褒めてるよ。うまいところ見つけやがってコンチクショウって気持ちもあるけどね」

と、案外素直に心情を吐露した。

「うらやましがられてもなぁ」

何と答えればいいかわからず、クラスメイトの顔をただ眺めるだけになってしまう。

本当に、そういう下心はないのだ。


タッパーを携えて女子グループへ向かうと、彼女たちは歓迎の声で出迎えてくれた。

「あ、市瀬だー」

「今日は市瀬の日か。ラッキー」

「ほらほら、入って入って」

こっちへ来い早く来いと招き猫のように手招きしてくれたり、パチパチと拍手してくれたりする。

「あ、市瀬だ。千佳、やったね。昼休憩のお楽しみが一つ増えたよ」

輪の中心にいる未希も、千佳を抱きかかえたまま、器用に拍手して歓迎してくれた。抱きかかえられている千佳の方は恥ずかしいのか、やや俯き加減になりつつ、未希に操られるままに小さく拍手している。

「で、今日は何？」

「今日はカヌレだ」

タッパーの蓋を開けて焦げ茶色の洋菓子を披露すると、女子たちから、おおお～！　という歓喜の声が沸き上がった。

そして、颯真がどうぞを言うより早く、獲物に群がる肉食獣のような素早さで十数本の手がサッと伸び、タッパーの中身はあっという間に空になった。

「いっただきまーす」

十数人の女子たちが一斉に光沢のある焦げ茶色をしたカヌレを頬張る。

「うん、おいしい！」

「そだね。さすが市瀬」

「この間のクッキーもおいしかったよね」

「あー、あれもよかったよね」

ペチャクチャモグモグ、ペチャクチャモグモグ。

カヌレを食べるために口を使っているのに、今まで以上に賑やかになる。

「で、感想はどうだ？」

騒々しくカヌレを食す女子たちを輪の中心で見守っていた颯真だったが、全員が食べ終わるのを待っていられず、食い気味に尋ねた。

女子たちの動きが一瞬止まる。

「おいしいよ？」

「うん、おいしい」

「わたしは駅前のケーキ屋のクリーム入りカヌレの方が好き」

「アタシはほうじ茶カヌレー」

「あー、あれもいいよねー」

女子たちが次々と感想を口にしてくれる。

だが、颯真が望んでいる感想ではない。

「そういうんじゃなくてさ、もうちょっと具体的な感想はないか？　甘さがどうとか、もっちり感が前回のよりしっかりしているとかしてないとか」

「前回？」

カヌレにかじりついている女子が首を捻る。

「今月頭にもカヌレを持ってきただろ」

「そうだっけ？　覚えてない」

ダメだこれは。この連中は当てにならない。

早々に見切りをつけ、未希たちに顔を向ける。

「お前たちはどうだ？　何か感想ないか？」

未希は抱きかかえた千佳に赤ちゃんに食べさせるようにちぎったカヌレを与えながら、

「どうって言われても……。おいしいわよ？　表面はカリッとしていて、中身はしっかりモチモチしているから、すっごくカヌレだと思う」

と感想を述べてくれた。他の女子たちよりはいくらかマシな感想だ。

しかし、少ない小遣いを材料費に充てている身とすれば、まだまだ物足りない。思わず不機嫌が顔に出てしまう。

「おいおい『万能』、もうちょっと実のある感想を言ってくれよ」

すると、未希の方もそれに呼応するようにムッと顔をしかめた。

「それやめてくんない？　ワタシが言い出したわけじゃないし、カッコ悪すぎ」

「あ、斉藤もダサいと思ってんのか」

「当たり前でしょ！　千佳はまだいいわよ、『安らぎの天使』ってぴったりだし。ワタシの方の『万能』って何よ『万能』って。ただの単語じゃない」

　ごもっともな指摘だ。

「じゃあ、どんなのがいいんだ？」

「そうね、『全能の神』って書いて、オメガナルモノってルビ振るとかがよかった」

「うわ、即答しやがったよ生徒会副会長。真面目な顔してそんなこと考えてやがるのか。引くわー」

「お、お兄ちゃんが読んでいる漫画に、そういうのがあったのよ！」

　颯真がドン引きすると、未希はムキになって言い訳してきた。

「そもそも論として、しょうもないあだ名なんかいらないわよ。まったく、誰が『万能』なんてあだ名つけたんだか」

「翔平らしいぞ」

「あのヤロ……！」

　接点が欲しいとか言っていたので、あっさり教えてやった。もっとも、その接点が良好なものになるか険悪なものになるかは、関知しない。

「そんなことより、カヌレの味の感想をもっとしっかり言ってほしいんだよ」

脱線しかけた話を颯真が戻すと、未希はうんざり気味に、

「あんたってそればっかかね」

「もちろん」

「ヤバ、皮肉が全然通じない」

颯真はお菓子作りを趣味としている。いや、趣味なんていうのは生ぬるい。将来パティシエになりたいという大きな夢を抱いている。

小学生の頃から、パティシエになるために自分なりに勉強と研究と練習、努力を重ねてきた。親の反対により、製菓専門学校に進学することはかなわず、普通科の高校に通うようになった今でもそれは変わらず、暇さえあればお菓子を作り、有名店巡りや流行のスイーツのお取り寄せを繰り返している。

女子グループに自作のカヌレを振る舞っているのもその努力の一環で、彼女たちから感想を聞かせてもらい、それをフィードバックして腕を磨こうとしているのだ。

甘いお菓子と女性は切っても切れない関係だ。女子たちの忌憚のない率直な意見は、自分にとって貴重な経験値になってくれるはずだと確信している、つもりだったが……。

「この間のカヌレは表面が少し柔らかい感じがしたんで、焼き時間を十分ほど長くしてみ

たんだ。前回のよりカリカリになっているか？　それとも、水分が抜けてしまっているか？」

「そんなことを聞かれても、前回を覚えていないわよ」

今日のカヌレの一番のポイントについて聞いてみたが、未希を筆頭に女子たちは眉根を寄せて困り顔になるだけだった。

高校に進学してから約半年。クラスの女子たちを相手に試食を繰り返しているが、どうにも有益な意見を得られない。

評論家でもレビュアーでも審査委員でもない女子高生たちに、詳細な感想を求めるのは、なかなかに無茶ぶりだ。それはもちろんわかっている。事細かに感想を言ってもらえるなんて、最初から期待していない。

しかし、もう少し感想を絞り出そうと努力してくれてもいいのではと思ってしまうのだ。

「このカヌレ、おいしいわよ。それでいいじゃない」

「そういうことじゃなくてな――」

と言いかけて、言葉をぐっと飲み込む。

これ以上粘っても時間の無駄にしかならない。

仕方がないと軽く嘆息しつつ、ポケットに突っ込んでいた紙の束を未希に突き出した。

「じゃあ、いつも通りこのアンケート用紙に感想を書いてくれ」

「えー……あー……うん、わかった」

彼女は気乗りしない様子を見せはしたが、それでもアンケート用紙の束を一応受け取ってはくれた。

アンケート用紙とはずいぶんアナログなことを、とたまに言われる。

スマホでメッセージを送ってもらえばいいのに、とも言われる。

颯真自身もそう思う。

メッセージならば少ない手間と微々たる電気代・パケット代で済むが、アンケート用紙はコンビニのコピー機を利用しなければならないので、一枚十円の費用がかかってしまう。

にもかかわらず、アンケート用紙なんてものをわざわざ用意しているのは、こちらの方が圧倒的に返答率が高いからだ。手渡されたアンケート用紙の存在感が、感想を書け！と無言の圧力を加えてくれるのだろう。

今日も、カヌレを食べた女子のほとんどが放課後までにアンケートを提出してくれていた。それは大変結構なのだが、内容がきちんとしているかというと、それはまた別問題だった。

「クソ、ロクな感想がないな」

放課後、教室に一人残ってアンケートに目を通しつつ、颯真はブツブツと文句を垂れ流していた。

「なんだよ『まあまあだった』とか『この間のよりはよかった』とか。『☆3・5』ってのはなんだ『☆3・5』って！　通販サイトのレビューじゃないんだ、きちんと文章を書きやがれ！」

思わず、アンケート用紙を破りたい衝動に駆られる。

白紙がないのを救いにするしかないほど、惨憺たる有り様だった。

「女子たちに試食してもらうの、もうやめるかなー」

紙の束をバサリと机に放り投げ、天井を見上げる。

明らかに費用対効果の釣り合いが取れていない。

しかし、第三者に試食してもらうのは非常に重要で、必要不可欠だ。自分が作ったものを自分で試食すると、どうしてもバイアスがかかってしまい、正確な評価ができない。

甘いものよりラーメンや牛丼が好きな男子よりは女子たちの舌の方がマシだし、他に試食に適した人間が思いつかない以上、不満は山ほどあるが、彼女たちにお願いするしか選択の余地がなかった。

「普通科の高校でガチの批評頼むって、なかなか難しいよなぁ」

諦めの吐息をつきつつ、アンケートの集計を再開する。

アンケート用紙に一通り目を通し、やっぱり有益な感想はなかったと改めて肩を落としていた時だった。

「――あ、いましたいました」

教室に明るい声が飛び込んできた。

アンケート用紙を握り締めたまま戸口の方に顔を向けると、声と同じくらい明るい笑顔の千佳が、子供っぽくパタパタと手を振りながら教室に入ってくるところだった。

「よかったです、市瀬さんがまだ教室に残っててくれて。はい、これどうぞ」

颯真の席までやってきた彼女が、二枚のアンケート用紙を差し出してきた。

「ゴメンなさい、提出が遅くなっちゃって。未希ちゃんの分をもらってきていたので」

「当の本人は？」

首を伸ばし千佳の背後を捜すが、いつも彼女の側にいるはずの長身の黒髪少女の姿はどこにも見当たらない。

「未希ちゃんは生徒会です。副会長だから、忙しいんですよ」

「ふぅん、そうなのか」

　千佳は少し寂しそうな表情を見せたが、颯真はそれに気づかないふりをして、受け取ったアンケート用紙に目を通す。

　が、すぐに険しい顔付きになってしまう。

「ううん……。あいつもあんまり役に立たないなぁ」

　他の女子と五十歩百歩な感想しか書かれていない。頑張って感想を捻り出そうとした痕跡は見られるが、今後の菓子作りの役に立つかと聞かれれば、役に立たないと答えるしかなかった。

「あのあの、未希ちゃん、一生懸命書いてくれてましたよ」

　千佳が両手をバタバタと動かしながら懸命に親友のフォローをするが、颯真の表情は全然晴れない。

「なんとか記入欄を埋めようとしてくれているのは、わかるんだけどな」

　やはり女子たちに試食してもらうのはやめようか、と考えながら、アンケート用紙をめくって二枚目に目を落とす。

　そこには、読みやすい綺麗な字で、こんなことが書かれていた。

『味はとてもよかったですが、焼き具合に問題ありです。少し焼き時間が長いような気がします。昼休憩に外はカリカリ、中はモチモチと言っていましたが、無理にそこを気にする必要はないと思います。カリカリモチモチはカヌレの特徴の一つですが、そこを意識しすぎておいしさを損なったら本末転倒です。前回のカヌレの方がおいしいと感じました』

他にもよかった点・悪かった点がしっかりと丁寧に綴られている。

「これは……！」

思わず目を見張ってしまう。

「偉そうに感じたらゴメンなさい。褒めるだけでは試食の意味がないかなと思って、色々書いてしまいました」

申し訳なさそうにペコペコと頭を下げる茶色い髪の少女を、しげしげと眺める。

「これ、里見が書いたのか？」

「は、はい。私、です」

怒られるとでも思ったのか、名前を呼ばれた千佳がビクリと体を震わせた。

「今までこんなにたくさん書いてくれたことなかっただろ。どうして急に」

「わ、私なんかの感想なんて役に立たないと思って。でも、今日のアンケートはみんな短かったので、これでは一生懸命作ってくれた市瀬さんに申し訳ないから、せめて私だけでもしっかり書こうと……」

自信がないのか、だんだん声が小さくなっていく。

「気遣いありがとう。マジで嬉しい。でも、そっちよりも中身だよ中身」

「やっぱり、ダメでしたか？」

「違う違う。むしろ逆。こんなに丁寧に、いいところも悪いところも書いてくれて、すごくありがたい」

こういうアンケートを求めていたのだ。感想は、具体的かつ長所も欠点も挙げてくれる方が役に立つ。

「俺が気づきそうにない点も書いてくれているもんな……」

アンケート用紙を眺め、書いてくれた少女を見つめる。

こんなにきちんとした回答がもらえたのは、これが初めてだ。ものすごく嬉しい。

もっともっと彼女とお菓子について話をしたくなった。

「なあ、里見は今から何か用あるのか？」

「いえ、特には。まっすぐ帰るつもりです」

「だったら、一緒に帰ろうぜ。歩きながら、色々聞かせてほしい」

「私なんかの意見を聞きたいんですか？」

思いがけない誘いを受けたと千佳が目を見張る。

『なんか』なんて、つまんないこと言うなよ。斉藤たちより里見の意見の方が全然ためになりそうなのは、一目瞭然だろ」

と、アンケート用紙をピラピラと振って見せる。

すると、それまで自信なさげにオドオドしていた彼女の顔が、パッと明るく輝き始めた。

「わかりました。そういうことなら喜んで！」

「じゃあ行こうぜ」

アンケート用紙をカバンに押し込んで席を立つと、千佳もその後を追いかけてくれた。

「里見的には、前回の方がおいしかったんだな？」

教室を出て廊下を歩きながらさっそく尋ねると、千佳は頬に指を当てながらうーんと考え込んだ。

「前回の方がおいしかったと言うと、少し語弊があるかもしれません。前回も今回もおいしかったです。ただ、今回のは焼きを意識しすぎているというか、そんな感じがありました」

「焼き過ぎってことか」

「いえいえ、焦げてたとかそういうことじゃないです。ちゃんと焼けていました。でも、そのぅ」

こちらの顔色を気にして、小さくなって口ごもる少女に、気にするなとかぶりを振る。

「正直に言ってくれ。感想や評価を言う時に遠慮されたら、全然意味がない」

褒め称えてもらうためにお菓子の感想を聞いているわけではない。自身のお菓子作りの腕前をレベルアップさせるために聞いているのだ。長所を挙げられるより、欠点を挙げられた方が成長につながる。

颯真が促すと、千佳は市瀬さんがそう言うならと一つ頷き、続けた。

「香ばしいにおいは強くなりましたが、その分生地そのものの香りが飛んじゃってて、口の中に入れた瞬間、カヌレというよりクッキーみたいって感じてしまいました」

「……なるほど」

カリカリの食感を意識しすぎて、カヌレの他の特徴を潰してしまったということか。安易な小細工はやはりよくないようだ。

「ありがとう。里見はマジですごいな。焼き方一つでこんなに意見をもらえるなんて思ってもみなかった」

感謝を込めて頭を下げると、彼女は驚いたように目を見開いた。

「私の意見、お役に立ったでしょうか」

「立ったよ。はっきり言って、高校に入って一番濃い意見をもらえた」

「そうですか。私の意見が……。えへ、えへへへ」

嬉しそうに体をくねくねさせる。音に反応して踊るオモチャみたいで、ちょっと面白い。

「私、いつも誰かのお世話になるばかりで、誰かのお役に立つってなかなかないので、すごく嬉しいです」

「まあ、里見っていつも溺愛されて甘やかされてるからなぁ」

その光景は、同じクラスに所属していれば嫌になるほど見ている。

「たとえば、靴も斉藤に取ってもらったりしているし」

ちょうど到着した下駄箱を指さすと、千佳は不満そうに頬を膨らませながら、

「あれは、未希ちゃんが上の段にあるから取りにくいでしょってやりたがるんです。私、そんなに身長低くないんですけど」

「斉藤と比べたら低いけどな。あいつ、男子の平均身長の俺とそんなに変わらないし」

「でもでも、私だって下駄箱の上の段に届かない身長じゃありません」

と、それを証明するように下駄箱に収められているローファーを取り出してみせた。

「──焼きについて色々言ってくれたけど、それ以外で何か引っかかったことはあるか？」

校門をくぐったあたりで、話題を未希の過保護な溺愛っぷりからカヌレに戻す。

「ええと、これは市瀬さんが悪いわけではないんですけど」

「言ってくれ」

促すと千佳はコクリと頷き、

「オレンジピールです。香り付けのために刻んで生地の中に混ぜ込んでいたでしょう？　あれはよくありませんでした。ぼやけていたというか、オレンジらしさがないというか。味も香りもほとんどなかったです。そのせいで、他の子たちはあれがただのカヌレではなく、オレンジカヌレだって気づかなかったのではないかと」

「マジか」

そういえば、戻ってきたアンケートにオレンジに関する記述は一切なかった。工夫に気づかれないとは、菓子作りに情熱を持っている人間としてはものすごくショックである。

「市販品を使ったんだと思いますが、別のオレンジピールを使った方がいいと思います」

「あー……確かにあれは安いの買ったな」

お菓子の材料費は小遣いから捻出しているが、その額は決して多くない。少しでも安いものを選んでしまうのは、颯真の体に染み付いた悲しい習性だ。

「いっそのこと、ご自身で作ったらどうでしょう？　あれってオレンジの皮の砂糖漬けですよね。市瀬さんなら作れるのでは？」

「国産のオレンジ高いんだよ」

海外産の柑橘類の皮は、様々な問題から食するには適さないとされている。

「砂糖漬けは保存がききますし、お菓子に使う場合、香り付けでほんの少量使うだけですから、一度作ってしまえば結構もちそうな気もしますが」

「……確かに」

そう言われると、一考に値するかもしれない。

それにしても。

肩を並べて歩く少女を、改めて眺める。

ゆるふわな雰囲気をまとった可愛らしいクラスメイト。嫌っている生徒が一人もいないという奇跡みたいな少女。その笑顔で周囲を癒やす『安らぎの天使』。

里見千佳という少女に対する颯真の認識は、その程度のものだった。

そんな彼女が、お菓子作りについてここまで的確に問題点を指摘してくれて、さらにはアドバイスまでくれるとは思ってもみなかった。とてもありがたいと同時に、興味が湧いてくる。

「里見ってすごいんだな。誰も気づかなかったオレンジピールもバシッと言い当てるんだから。ひょっとして、絶対味覚みたいな特殊スキルを持っているのか？」

「『絶対味覚』？　なんですかそれ？」

千佳が反芻しながら小首を傾げる。

「ほら、絶対音感ってあるだろ。聞いた音の音階が正確にわかる人。あれの味覚バージョンのスキルでも持っているのかと思ってな」

「そんなもの、持っているはずがないじゃないですか。市瀬さん、面白いことを言うんですね」

クスクスと笑われてしまった。

「いや、でも、他の女子が気づいていないことに気づいているんだから、少なくともあの連中よりは上の味覚を持ってるだろ」

素直に称賛したいだけなのだが、千佳は困ったような笑顔を見せる。

「別に私、普通の人間ですよ。市瀬さんご期待の特殊能力なんかありません。もし他の人より味覚が鋭いとしたら、家の環境でしょうね」

「家？」

千佳はこくんと頷き、

「私の両親、パティシエとパティシエールなんです。食に携わる職業ですから、小さい頃から私の食生活にも気を遣ってくれていたんです。だから、味覚が他の人よりちょっとだけ鍛えられているのかもしれません」

謙遜しながらさらりと言う。

だが、颯真には絶対に聞き流せない単語が、二つも入っていた。

「待て。待て待て待て」

思わず足を止め、真正面から彼女の顔を見据える。

「お前の両親、なんだって？」

「パティシエとパティシエールです。今は経営に回っていますから、正確には『元』ですけど……」

突然ギラギラした目で見つめてくる男子に怯えつつ、千佳は恐る恐る言った。

「両親がパティシエ・パティシエールだと……！」

それは、颯真にとって憧れの職業であり、夢の到達点だ。

「ということは、里見は菓子作りのサラブレッドってことか！　なんで今まで教えてくれなかったんだ！」

「なんでと言われましても……。親がそうってだけで、私、一切お菓子は作れませんから。両親はちょくちょくお菓子を作ってくれましたが、私は食べる専門でした」

「いやいや、そうだとしても、環境は俺より絶対に上だろ」

門前の小僧習わぬ経を読むという諺もある。菓子とは全然縁がない家に生まれた颯真より、千佳の方が知識や味覚が上だとしても何ら不思議ではない。

　こいつこそが、里見こそが、俺がずっと探していた人物かもしれない……！

　俄（にわ）かに知ってしまったクラスメイトの正体に、否応（いやおう）なく胸が高鳴る。

「里見、今日この後予定あるか？」

　両肩（りょうかた）を掴（つか）む手に力を込めつつ尋ねた。

「まっすぐ帰るつもりですってさっき言いましたけど。それから、顔が近すぎます……」

　頬を赤くした千佳が顔を逸（そ）らそうとするが、そんなこと、今の颯真にはどうでもいい。

「暇なんだな。だったら、ちょっと付き合ってくれ！」

「え？　え？　ええっ⁉」

　颯真は、彼女の手を握（にぎ）って走り出した。

「あのあの、市瀬さん！　どこに行くか説明してくれませんか？　あと私、こんな風に男性に力強く引っ張られるなんて生まれて初めての体験なので、ものすごくドキドキしちゃうんですけど！」

　千佳が何か叫（さけ）んでいたが、期待でワクワクしまくっている颯真の耳には、全然届いていなかった。

半ば引きずるような形で千佳を連れて行ったのは、路地裏の目立たない場所にある小さな喫茶店だった。

「なんだか、レトロで大人なお店ですね」

向かいの席に腰を下ろした千佳が、狭い店内を興味深そうにキョロキョロと見回す。

「昭和からやってるんだと」

長くやってるくらいしか取り柄がないんだ、と白髪の店長が自嘲している通り、特段有名な喫茶店ではない。だが、ここのデザートは基本に忠実で、基礎を大事にするべきと考えている颯真にとっては、教科書のような喫茶店だった。

「いらっしゃいませ。あら、市瀬君じゃない」

ちょくちょく足を運んでいるおかげで、年配のウエイトレスともすっかり顔馴染みになっていた。

「一人じゃないなんて珍しいわね。ひょっとして彼女さん？」

物珍しげに千佳を見つめてくるので、ブンブンと手を振って否定する。

「違います違います。クラスメイトですよ。すみません、パウンドケーキを一つお願いできますか」

「パウンドケーキね。すぐに持ってきてあげるわ」

ウエイトレスはオーダーシートに注文を書き込みながら、カウンターの方に戻っていった。

彼女が置いていったお冷やに口をつけながら、しばし待つ。

「あのあの、コーヒーとか紅茶は注文しないんですか？　ここって喫茶店ですよね。コーヒーのいいにおいがすごくするんですけど」

初めての店で落ち着かないのか、ソワソワと体を動かしながら千佳が尋ねてきた。

「そうだな。ここのコーヒーは結構うまいぞ」

コーヒーに関する知識は皆無な颯真だが、丁寧に挽かれた豆を使用したここのコーヒーはおいしいと思っている。

「なのにコーヒーを注文しないんですか。あ、セットで飲み物が付いてくるとかです？」

喫茶店らしからぬ注文が不思議なようだ。

颯真はゆっくりとかぶりを振って、千佳の推測を否定する。

「これからしてもらうのは試食だ。コーヒーの味で邪魔されるのはよくないだろ」

「ははぁ……」

もちろん、コーヒーと合わせて食べることに意味のあるデザートも存在するし、ここもコーヒーが主役である以上、そういう想定で作られているはずだ。だが、今日の目的はコーヒーとの組み合わせは考慮の外である。

「一つしか頼んでいなかったですけど……」

「俺はここのパウンドケーキは何回も食べているから、味はよく知っている。今日は里見に食べてほしいんだ」

「はあ……」

こちらの意図をよくわかっていない千佳は、生返事を返すだけだった。

颯真に倣ってお冷やに手を伸ばそうとして、彼女はふと手を止めた。そして、代わりにこちらの顔をじっと見つめてくる。

「市瀬さんって、さっきみたいなことをよくするんですか?」

「さっきみたいなこと?」

「女の子の手を握って歩くとか……」

颯真が怪訝な顔をすると、千佳は自分の左手を右手で撫で回すような仕草をして見せた。

「ここに連れてきた時のことか。痛かったら謝る。すまなかった。テンションが上がっちゃったんだ」

「いえ、痛くはありませんでした。でも……」

「でも？」

「……いえ、何でもありません。忘れてください」

千佳がはにかむような微笑みを見せた頃、ウエイトレスがトレイを持って戻ってきた。

「お待たせしました」

颯真が目で合図すると、彼女は白い皿を千佳の前に置いてくれた。

皿の上には、ドライフルーツがたっぷり混ぜ込まれたパウンドケーキが二切れ載せられている。ケーキの横には、ツンと角が立った生クリームとミントの葉が添えられていた。

喫茶店のパウンドケーキの定番といった見た目だ。

「さあ、食べてくれ」

ごゆっくり、と頭を下げたウエイトレスが立ち去るや否や、千佳に試食を促す。

「なんだか、見られながら食べるのって、緊張しちゃいますね」

銀色のフォークを握りながら、千佳がそんなことを呟いた。

「普段から散々女子たちに食べさせられて、見られまくりだろ。何を今さら」

「あれとはまた違いますよぅ」

颯真の言葉にちょっとむくれて唇を尖らせたが、すぐに気を取り直して目の前のパウンドケーキにフォークを差し入れた。

「では、いただきます」

切り分けたケーキをゆっくりと口へ運ぶ。

そして、しっかり味わうようにたっぷりと時間をかけてモグモグと咀嚼する。

「……おいしいです。際立った特徴がないので、平凡とか凡庸とも言えますが、丁寧に作られていると感じました。それに、生地の中に混ぜ込まれているドライフルーツの量がすごくて、とても食べ応えがあります。苦みのきいた深煎りのコーヒーと、よく合うのではないでしょうか」

お見事。このケーキの特徴や店長が込めた意図を的確に言い当てている。やはりこの少女、いい味覚をしているし、お菓子の知識もきちんと持っている。

だが、颯真が知りたいのは、さらにもう一歩踏み込んだところにあった。

「そのドライフルーツなんだが、何が入っていると思う?」

尋ねながら、さりげなく食べかけの皿を自分の方に引き寄せ、紙ナプキンをかぶせてケーキを隠す。

「そう、ですね……」

口の中に残った味の名残を探すためか、千佳が瞑目する。

「アーモンド、くるみは間違いないですね。それからドライのいちじく、リンゴ、イチゴ、

クランベリー、レーズン。あとは……グレープフルーツのピール？　オレンジかと思いましたが、それよりも苦みがある気がします」

「……すごい」

自信なさげな表情を浮かべたが、颯真は感嘆の言葉を絞り出すしかなかった。

満点だ。

過不足なく、全てのドライフルーツを言い当てている。他の女子が気づかなかった品質の悪いオレンジピールを気づいたので、もしかしたらと試してみたのだが、ここまでとは思わなかった。ごく少量しか入っていないグレープフルーツピールにまで気づくとは。

文句なしで、里見千佳は待ち望んでいた人物だ。

「里見にこんな特技があったなんてな。マジでビックリした」

「いえ、そんな、特技というほどのことでは……」

羨望の眼差しで見つめると、ふんわりとした雰囲気を纏う少女は照れくさそうに、そして嬉しそうに微笑んだ。

「それで、このドライフルーツ当てに何の意味があるんですか？」

「里見の舌がどのくらいか知りたかったんだ。強引に試してすまなかった」

紙ナプキンで隠していたケーキを彼女の前に戻しながら、頭を下げる。

「いいえ、全然気にしていません。こんなに大人な雰囲気のお店に連れてきていただけて嬉しいですし」

「そう言ってくれると俺も嬉しい。だけど、俺の本当の目的はこれからなんだ。すごい舌とお菓子の知識を持っているってわかった里見に、頼みがある」

「は、はい、なんでしょうか」

颯真が真剣な面持ちになると、千佳もそれに感化されて居住まいをただした。

「俺専属の試食係に、なってくれないだろうか」

「せ、専属？」

颯真の言葉を反芻しつつ、彼女の体がびくりと震える。

「どういうことでしょうか……？」

「ざっくり言えば、今日と同じことをこれからもやってほしい。俺が作った菓子の感想を言ったり、俺が気になっている店の菓子を食べて特徴や隠し味を教えてくれたりしてほしいんだ」

こいつしかいないと強い確信を持って頼んだが、千佳の方は浮かない表情を浮かべた。

「私なんかが、そんな大役を担っていいのでしょうか」

「『なんか』とか言うなよ。里見にしかできないことだ」

「私にしか、できない……」

颯真が目をまっすぐ見つめながら断言すると、彼女の頬は興奮と喜びで紅潮していった。

「ただのクラスメイトにこんな頼みをするなんて、結構な無茶ぶりなのは自分でもわかっている。でも、里見が一番最適なんだ。頼む」

木目が濃いブラウンカラーのテーブルに両手をつき、深々と頭を下げる。

「市瀬さん、頭を上げてください。その、そういうのは困っちゃいます」

アタフタしながら千佳がそう言ってくれたが、颯真は頭を上げようとはしない。

必死だった。

最近、菓子作りに行き詰まりを感じていた。練習を重ねても、うまくなっているかどうかわからず、どう改善すればいいかもわからず、ひたすら焦っていた。

そんな状況を打開するきっかけが、素晴らしい味覚と知識を有している千佳に、きっとある。

「里見に俺の菓子を食べてもらえば、いいところや改善点がわかりやすくなる。店の菓子を食べてもらえば、その特徴がよくわかって研究が進む。俺の菓子作りの腕が上達するはずなんだ。だから、頼む！」

「市瀬さん……」

颯真は、中学を卒業してすぐに製菓の専門学校に進学し、パティシエへの道をまっすぐ突っ走るつもりだった。だが、両親の反対に遭い、専門学校への進学は断念せざるを得なかった。今の高校は仲のいい友達も多く楽しいから、嫌々通っているわけではないし、後悔しているわけではない。だが、同い年で製菓専門学校に通っている連中が自分のはるか先を進んでいるはずだと考えると、どうしても焦りを覚えてしまう。

高校在学中でも、できることはしておきたいのだ。

頭を下げ続ける颯真を、千佳はジッと見つめた。

「真剣なんですね、お菓子に対して」

「当たり前だろ。パティシエになるのが小学生の頃からの俺の夢なんだ。不真面目になれるはずがない」

「そういう真剣さ、眩しいです」

そう小さく呟いた後、千佳は首を縦に振った。

「わかりました。私でよければ、お手伝いさせていただきます」

「ホントか！」

「どのくらいお役に立てるのか、自信はないですけど、頑張ります」

颯真が目を輝かせながら顔を上げると、千佳は少し恥ずかしそうに笑った。

それを見て、思わずガッツポーズを取ってしまう。これでレベルアップできる。

「あの、それで、私の方からも、お願いがあるんですけど」

一人で勝手にはしゃいでいると、千佳がやや躊躇いがちにそう切り出してきた。

「お願い？　里見が俺に？」

思わぬ言葉に目を丸くする颯真に対し、千佳はこう言った。

「市瀬さんに、私を見守っていてほしいんです」

「……なんですと？」

漠然とし過ぎたお願いに理解が追い付かず、ガッツポーズを取ったまま困惑の表情を浮かべてしまう。

「あ、ええと、どう説明すればいいんでしょうか……」

千佳は頬に指を当てて考えを整理しつつ、ぽつりぽつりと説明し始めた。

「こういうことを自分で言うのは恥ずかしいのですけど、私って愛されキャラというか、可愛がられキャラなんです」

「知ってる。教室での毎日を見ていればな。『安らぎの天使』なんて呼ばれてるし。なかなかないぞ、クラスメイトに天使ってあだ名を付けられるって」

「それも恥ずかしいんですけど、すっかり定着しちゃいました」

代表的なあだ名は『安らぎの天使』だが、他にもまだまだある。颯真が知っているだけでも、『ヒーリングゆるキャラ』・『可愛いの権化』・『妹にしたい同級生ナンバーワン』・『将来こういう娘を生みたいランキング堂々の一位』・『あのあのマスコット』などがある。

そのくらい可愛がられ、愛されているのだ。

「みんな、私にすごくよくしてくれるんです。服を買う時に可愛いのを選んでくれたり、映画を見に行く時は先に私の分のチケットも買ってくれたり」

「至れり尽くせりだな」

颯真の感想に相槌を一つ打ち、千佳は続ける。

「それはありがたいことなんです。だけど、裏を返せば、私は自分で自分の服を選んだことがないってことですし、映画のチケットを自分で買ったことがないってことなんです。そして、未希ちゃんたちだけでなく、両親も私をものすごく可愛がってくれるんです」

「パティシエ・パティシエールの両親か」

千佳はまたこくりと頷き、

「私は、両親が年を取ってから生まれた子供なんです。もう子供には恵まれないだろうと諦めかけていた矢先に授かったので、ものすごく喜んだそうです。そして、たくさんの愛情を注いで育ててくれました。でも、お父さんもお母さんも、なんでもかんでも全部やってくれて、私は家事のお手伝いさえほとんどしたことがないんです。それが、ちょっとだけ悲しくて、情けないんです」

颯真を見据えていたはずの彼女の視線はいつしか下に落ち、自分の手が握るフォークの先を見つめていた。

不妊治療とか高齢出産とかそんな単語は、全然ニュースを見ない颯真でも聞いたことがある。子供が欲しいのに授からない夫婦は、相当つらい思いをするらしい。そのつらさの先に得られた一人娘であれば、そうなってしまうのも仕方がないのかもしれない。

「勘違いしないでほしいのですが、私は未希ちゃんも他のお友達も両親も大好きです。感謝もしています。でも、何もやったことがなくて何もできない自分が嫌なんです。私は、自分のことは自分でできるしっかりとした大人になりたいんです。このままでは、そんな大人にはきっとなれません」

俯き加減だが、彼女の瞳には力強い意志が宿っているように見えた。

「自分の服は自分で選べるようになりたいですし、映画のチケットも一人で買えるようになりたいです。おうちのお手伝いだってきちんとやって、少しでもお父さんとお母さんの力になりたいんです。パティシエになりたいっていう市瀬さんの目標と比べたら小さすぎるって笑われるかもしれませんが、これが私の今の目標なんです」

「笑うわけないだろ」

千佳の言葉に、颯真は真顔で首を横に振った。

「俺も里見もなりたい自分になるために頑張るって意味では一緒じゃないか。だったら、笑えるはずがない」

「……そうですね」

颯真の心からの言葉に、千佳はふんわりと笑った。

「是非とも里見を応援したい気持ちになったけど、具体的に俺は何をすればいいんだ？　自立したいって言うなら、俺が手助けしたら意味ないだろ」

「ですから、見守ってほしいんです。私は今までやったことがないことにたくさん挑戦したいんです。でも、一人だとやっぱり心細くて」

「心細い？」

「だって、今まで一人で何かをしたことなんてないんです。失敗したらどうしようって思っちゃいます。どうしたらいいかわからなくなって、パニックになっちゃうかもしれません。そういう時に、側に誰かがいてくれたら安心できるかなと思いまして」

「要するに、市民プールの監視員役をやれってことか」

ようやく千佳が自分に求めていることを理解する。

したことがないことにチャレンジするには、勇気が必要だ。颯真だって、一度も作ったことがないお菓子に挑戦する時は緊張してしまう。難しい工程を行う時に講師かプロにアドバイスをもらえたらと思ったことは一度や二度ではない。何かあった時のために誰かにいてほしいと考えるのもわからなくはない。

「斉藤には頼めないのか？　あいつが一番の親友だろ」

「無理です。未希ちゃんは私が何かする前に助け船を出してしまうでしょうから」

「あー……そっか。そうなるな。あいつは絶対にそうする」

その光景が容易に想像できてしまう。

「だとしても、なんで俺なんだ？　ぶっちゃけ、俺たちそんなに話したこともないだろ」

「理由の一つはまさにそれです。未希ちゃんたちほど親しくもなく、かと言って知らない間柄でもない。そういう人だったら、適切な距離で私を見守ってくれると考えました」

同じクラスになって約半年、二人が会話をした回数は両手の指で数えられる程度だ。

「なるほど」

「もう一つの理由の方が大きくて、それは市瀬さん、あなた自身です」

「俺？」

「あなたは先程、パティシエになりたいって真剣な顔で言いました。あれに影響されたんです。私もこういう風に頑張らなくちゃって、思ってしまったんです。クラスメイトが将来に向かって頑張っているのに、何もしないままでいるのはカッコ悪いじゃないですか」

「そんな大層なもんじゃないんだけどな。やりたいからやっているだけだし」

「そういう風に、努力を何でもないことのように言えるあなたは、すごいです」

面と向かって女子に褒められるなんて生まれて初めての経験なので、なんとも面映ゆい。

「でも、そっか。俺が里見のやる気に火を付けちゃったのか。だったら責任取らないといけないな」

「いいんですか？」

「もちろんだ。喜んで協力させてもらう。これからよろしくな」

「こちらこそ、よろしくお願いします」

テーブルを挟んだ二人が頭を下げ合った後、千佳がほうっと大きく息を吐きながら胸を撫で下ろした。

「なんだよ、緊張してたのか」

「だって、こういう自分の気持ちを誰かに言うのなんて、初めてでしたから」

緊張から解放されて甘いものがほしくなったのか、パウンドケーキを再度食べ始める。

「他人の悩みとか相談はいっつも聞いてるくせに、逆はないのかよ」

今朝だって、千住に相談してよかったと喜び感謝している女子がいた。

しかし彼女は複雑な思いを絡めた微笑を浮かべ、

「あれも、私はただ聞いているだけなんです。役に立つアドバイスなんてしたことありません。私にはアドバイスできるほどの人生経験はないですから。みんな、溜め込んでいたものを吐き出して、自分で解決しているだけなんです。教会の懺悔室と変わりません」

「それだけでも、かなりすごいと思うけどな」

人の話を聞くというのは、聞き手の器量を問われる立派なスキルだ。しかし、当の本人からすれば受け身にしかなり得ないので、自己肯定感は低いのかもしれない。

案外大変なんだな、こいつも。

いつも可愛がられまくって、えへへと楽しそうに笑っているだけの少女だと思っていた。

「お互い、目標のために協力するんだ。俺には遠慮するなよ。俺も遠慮しないから」

「はい、それはもちろん。一緒に頑張りましょうね」

そう言って頷く彼女は、ワクワクしているように見えた。なりたい自分への一歩を踏み出せたのが嬉しいのだろう。

しっかりとした大人に、か。

教室ではいつも可愛がられていて、本当にみんなの妹か娘のような存在だ。そのせいで年齢よりも幼く見えてしまう。

そんな彼女が大人になった姿なんて、全然想像できなかった。

――この時の、颯真には。


二人が喫茶店を出た時、六時近くになっていた。

「ケーキ、ごちそうさまでした」

鮮やかな橙色に染まった人気のない裏路地を歩きながら、千佳がぺこりと頭を下げてきた。

「俺が払うのは当然だろ。無理矢理連れてきて問答無用にケーキを食わせた挙句、ケーキ代を払いやがれとか言ったら極悪人過ぎる」

「確かに、そうですね」

颯真が薄っぺらい財布を振ってみせると、千佳はふふふと楽しそうに笑った。

「でも、あんなに落ち着いて大人な雰囲気の喫茶店は生まれて初めてだったので、すごく新鮮で楽しかったです。普段お友達と行くのはチェーン店のカフェばかりですから。ああいうお店も素敵でいいですね」

「まあ、高校生はああいう喫茶店には行かないよな」

　颯真もあの喫茶店を見つけた時は大人な隠れ家を発見してしまったと心が躍ったので、はしゃぐ彼女の気持ちはよくわかる。

「そういえば、やってみたいことってどんなことがあるんだ？」

　見守る役割を請け合った手前、『安らぎの天使』がどんなことにチャレンジしたいのか、とても気になった。

「そうですね。ううーん」

　尋ねられて、千佳は考え込み、

「食べ物で言えば、お好み焼き屋さんに行ってみたいです。ほら、あるじゃないですか、自分で焼くお店」

　と、ヘラでお好み焼きをひっくり返す仕草をしてみせる。

「お好み焼き屋、行ったことないのか？」

「行ったことはあります。ありますけど……」

　意外な目標に目を丸くすると、千佳は顔を曇らせ、

「ああいうお店に行くと、家族か友達が焼いてくれちゃうんです。特にお父さんは、とってもきれいにまん丸く焼いてくれちゃうので、自分でやりますって言い出しにくくて。も

ちろん、一人で行ったことなんてないですし」

「パティシエだもんなぁ」

　繊細な洋菓子を作るプロなのだから、お好み焼きを丸く成型するなど朝飯前だろう。

「まあ、理由はわかった。焼くのに失敗したら、俺がいくらでも食べてやるから安心しろ」

「失敗しないように頑張ります！」

　むん、と小さくファイトポーズを取る同級生を見ながら、颯真は内心安堵していた。試食係をしてもらいたいあまり、安請け合いをしてしまったのではと思っていたのだ。とんでもないことに付き合わされるのではと危惧していたが、お好み焼き屋に付いて行くレベルなら全然問題ない。

「他にも、魚釣りもしてみたいです。お前はカナヅチだから海に落ちたら危ないって禁止されちゃってて」

「釣りはあんまり詳しくないけど、経験ゼロってわけでもないから大丈夫だ」

　颯真が指で丸を作ると、千佳は指を折りながらやりたいことをドンドン挙げ始めた。

「あとは、遊園地にも行きたいです。と言っても、ただ行くんじゃなくて、私が完璧にプランを立てて行きたいです。いつもは誰かが立てたプランに従うばかりですから」

「遊園地か。うん、まあ……」

女の子と遊園地に行ったことなんてないから恥ずかしいが、できないことではない。

「自分の服も買いたいですけど、他の人のコーディネートもチャレンジしたいです。私はいつも着せ替え人形の役ですから。お願いできます？」

「俺が着せ替え人形になるのかよ。知り合いに見つからないようにしてくれよ」

「映画館でチケット買ったことないって言いましたが、せっかくですからカップルシートで見てみたいです。家族だと三人だし、未希ちゃんとだと未希ちゃんが私の世話をして全然映画を見なくって」

「待て。待て待て待て」

やりたいことを列挙してウキウキし始める千佳に、さすがにストップをかけた。

「どうかしましたか？」

自分が言ってることのとんでもなさに気づいていないのか、きょとんとあどけない顔を晒す。

「ひょっとして、映画館がお嫌いですか？　だったら、無理にお願いしませんけれど」

「映画館は別に嫌いじゃない。そうじゃなくて、カップルシートは色々マズいだろ」

カップルシートはその名の通り、カップルのためにあるものだ。いくらなんでも、それをクラスメイトという関係でしかない二人が利用するのは問題がある。

　自分と千佳が、カップルシートで肩が触れ合う距離でポップコーンを食べながら映画を見ている姿を想像すると、それだけで恥ずかしくなり赤面してしまう。

千佳という少女はとても可愛らしい。狙っているにもかかわらず、未希という強固な壁にブロックされて泣き寝入りしている男子が何人もいるのを、颯真も知っている。『安らぎの天使』という異名は伊達ではない。

　年上好きの颯真にとって、子供っぽい彼女はストライクゾーンに入っていないが、それでもすごく可愛いとは思っている。そんな女の子とカップルシートに座るなんて恋人っぽいことをするのは、彼女いない歴＝年齢の男子高校生には、ハードルが高すぎる。

「そういうことは、好きな奴ができてからそいつとするべきだ。焦ってすることじゃない。やってみたいって気持ちも大事だけど、取っておくのも大事なんじゃ——聞いてるか？」

　頬を赤くしながら懇々と説教してやるが、千佳はそんなのお構いなしにこちらをじいっと見つめていた。まるで、未知のおもちゃを買ってもらった幼児のような好奇心と喜びがない交ぜになった視線を注いでくる。

「さ、里見？」

　ジッと見つめられると、ますます恥ずかしくなってしまう。

　やがて、彼女はポツリととんでもないことを言い出した。

「市瀬さんの恥ずかしがる顔って、すごく可愛いんですね」

「か、可愛い？」

それは、思いもしない言葉だった。

「はい。見ていると、ものすごくキュンキュンしちゃいます」

千佳はものすごく真面目に言って、颯真の顔から視線を外そうとしない。

「冗談でもそういうことを言うのはやめろって。幼稚園児ならともかく、高校生でそれはないだろ」

「冗談なんかじゃありません。本気でそう思っているんです」

言いながら、ふらふらと引き寄せられるように近づいてくる。

そして、颯真の頬に触れてきた。

「お、おい……」

背筋がゾクリとする。

「未希ちゃんたちが、可愛い可愛いって私を撫でたり触ったりしてくるんです。どうしてこんなことをするんだろうって思っていたんですけど、今その気持ちがちょっとわかりました。可愛いものって、触れたくなるんですね」

ぺたぺたと触れ、さすさすと撫でてくる。

こんなこと、幼い頃に親にやられて以来だ。本気で恥ずかしい。

夕暮れの鮮やかな橙色で染め上げられた裏路地で、同級生の女の子に頬を撫で回される。

なんなんだ、この状況は。

あまりに不可解で、頭が熱暴走を起こしそうだ。

「マジで恥ずかしいんだけど……」

「それがいいんじゃないですか。ほっぺたが真っ赤な市瀬さん、可愛くてすごくいいです」

千佳の手から逃れるためにジリジリと後ずさる。

彼女はもっと触れようと追いかけてくる。

後ずさる。

追いかける。

何度か繰り返し、颯真は壁に追い詰められてしまった。カッターシャツ越しにコンクリートのひんやりとした感触が伝わってくる。背中は冷たいのに頬はものすごく熱い。

熱くて冷たい。冷たくて熱い。感覚が混乱していく。

「先程、カップルシートは好きな人と行くべきだって言いましたよね。私、市瀬さんのこと好きですよ？」

「は……？」

『好き』という言葉を聞いた途端、ドキンッと心臓が大きく跳ねる。

「自分の目標に向かってまっすぐに努力し続けていて、すごいなって以前から尊敬していたんです」

「光栄だけど、それは『好き』の種類が違うと思う……」

力なく訴えるが、千佳の手は止まらない。それどころか、ますます大胆に撫で回してくる。

「なんだか、今の市瀬さんを見ていると、ドキドキしてしまいます。もっと触りたいし、もっと恥ずかしがる姿を見たいって思っちゃいます」

颯真も、違う意味でドキドキしている。

なんなんだ、こいつは……？

さっきまでとは全然雰囲気が違う。ほんの数分前まで、本当に同い年かと疑いたくなるほど無邪気で幼い、子犬のような少女だった。なのに、今はそんな雰囲気微塵もない。

妖艶で色っぽく、大人っぽい。こちらを見つめる目は妖しく鋭く、獲物を狙う狼のそれにしか見えなかった。

「私、やりたいことがたくさんあるんです。ですが、たった今、やりたいことが一つ増えました」

それが何なのか聞いてはいけないと、本能がガンガンと警鐘を鳴らしてくる。

コンクリートの壁に張り付いた背中に、冷や汗がダラダラと流れていく。

――ヤバイ。

何がヤバいのかわからないが、とにかくこの状況は実によくない。

金縛りに遭った草食獣のように動けない颯真の頭を、肉食獣の微笑みを浮かべる千佳がいい子いい子と優しく撫でる。

「これからよろしくお願いしますね。市瀬さん――いえ、颯真さん」

「そ、颯真？」

唐突に名前を呼ばれて、また心臓がビクッと跳ねた。

千佳は面白がるような妖しい笑みを湛え、顔を近づけてくる。

「これから私たちは、互いの目的のために協力し合う仲間、パートナーです。他人行儀に名字で呼び合うより、名前で呼び合った方が連帯感が湧くと思いませんか？」

彼女の言っていることは間違ってはいない。協力し合うなら親しくする方がいいに決まっているし、そのために名前で呼び合うのは、安易ではあるが効果的だ。

だが、彼女の表情が、そんな当然の理屈から説得力をごっそり奪い取っている。名前で呼んだ方が面白い反応をするだろうから呼んでみた。そうとしか思えない。

「だけど、里見――」

「千佳って呼んでください」

「さと――」

「ダメ。千佳です」

「ち、千佳……」

有無を言わせぬ圧力に屈し、彼女の名前を口にしてしまう。途端に、下から上に向かってカァッと熱が上昇していくのを実感する。額から汗が噴き出し、顎に向かって滴り落ちていく。名前を呼んだだけ。なのに、とんでもなく恥ずかしい。名前を呼んだこともそうだが、千佳の言うままになってしまっているこの状況が恥ずかしい。

「よくできました」

千佳がハンカチを取り出し、母親がするように颯真の額に浮いた汗を丁寧に拭き取った。

そして、それでようやく気が済んだようで、颯真から離れてくれた。

「それでは、私はこの辺で失礼します。また明日、教室でお会いしましょう。今日はありがとうございました。とても楽しかったです」

丁寧にお辞儀をして、表通りへ駆けて行ってしまう。

「なんなんだ、今のは……」

よくわからない。だが、絶対に開けてはならない禁忌の扉を開放してしまったのではないだろうか。

壁に背中を預けるような姿勢で千佳を見送った颯真は膝から力が抜けてしまい、アスファルトの地面にぺたんと座り込んでしまった。

「……心臓がイテェ……」

小さくなっていく少女の後ろ姿を目で追いながら、左胸をグッと掴む。

感情のジェットコースターに振り回された心臓が、悲鳴を上げていた。

§§§§§§§§§§§

颯真と別れて表通りの雑踏に飲み込まれた千佳は、自分の右手を見つめながらゆっくりと歩いていた。

尊敬していると彼に言った言葉はウソではない。ずっと前から密かに憧れていた。恋愛的な意味ではなく、同世代の人間として純粋に憧れていた。

自分は他人の意見に流されやすい。友達や親に、ああしよう・こうした方がいいよと言われてしまうと、はいわかりましたとすぐに頷いてしまう。嫌々従っているわけではない。

だけど、こっちの方がいいのに、とか、こうした方がいいんじゃないかな、という自分の考えをグッと飲み込んでしまう。

千佳は、そういう自分が好きではなかった。もっと自分の考えを表に出せる自立した人間になりたかった。自分を変えたかった。でも、なかなか勇気が出せなかった。

そういうモヤモヤを抱えたまま高校に進学し、市瀬颯真という少年と出会った。

彼との出会いは、鮮明に覚えている。

入学式から一週間ほど経った頃のことだった。

「俺が作った菓子を食べて感想を言ってほしい」

昼休憩に未希たちと一緒にお昼ご飯を食べているといきなりやってきて、そんなことを言い出したのだ。

「は……？　いきなり何？」

「誰よアンタ」

「昼ご飯中なんだけど」

未希たちは揃って、胡散臭そうな顔で彼を見上げた。

今でこそ一年四組はみんな仲が良く、和気藹々とした素敵なクラスだが、その頃はクラスがクラスとしてまとまっていなかった。同じ中学出身同士が固まっているだけで、クラスメイトの顔と名前なんて全然覚えていない。

当然、千佳も颯真と言葉を交わしたことなんかなかった。名前も知らなかった。この人誰？　状態である。未希たちも同様だっただろう。

にもかかわらず、彼は突然突拍子もない頼みごとをしてきたのだ。千佳はビックリして目を丸くしたし、未希たちは気味悪がった。何か変な下心があるのではないかと警戒した。そうでないとしても、人となりを全く知らない男子の手作りお菓子を口に入れるのは躊躇いを覚えてしまう。

「嫌よ。お断り」

「男子が作ったお菓子なんて、食べるわけないでしょ」

「変なものを仕込んでたらキモいし」

未希たちが全面的に拒絶するのは、無理からぬことだった。

黙って成り行きを見守るに留めていた千佳も、内心食べる気にはなれなかった。やはり、知らない人の手作りは色々心配になってしまう。

「俺は菓子を侮辱するような真似は絶対にしない。安全も保証する。だから、一口でいいから食べてくれ」

「嫌よ嫌。絶対にお断り」

未希は野良犬を追い払うようにシッシと手を振った。

かなり辛辣に拒否されたが、颯真はそんなことでは全然くじけなかった。毎日のように手作りのお菓子を持ってきて、試食してくれと頼んできた。

「毎日毎日しつこいわね。なんでワタシたちにそんな頼みをしてくるのよ」

「そんなに試食してほしいなら知り合いに頼めばいいじゃない。同中の奴いるでしょ」

「しつこい！　ウザい！　キモイ！」

未希たちはうんざりしていた。毎日毎日楽しい昼休憩にやってくるのだから、嫌がらせに近い。

しかし颯真は非難など馬耳東風といった面持ちで、

「入学してから一週間クラスを観察したんだが、お前らが一番菓子を食べてた」

「はァ？　だからワタシたちがお菓子に詳しいとでも思ったの？　ワタシたちは千佳に食べさせるためにお菓子を持ってきているだけで、詳しいわけじゃないわよ」

「それでもいいから食べてくれ。今日のは特に自信があるんだ。頼む」

色とりどりのマカロンが入ったタッパーを突き出しながら、深々と頭を下げてくる。

「……どうする？」

「ないって。無理なものは無理」

「だよねぇ。でもコイツ、半端なくしつこいんだけど」

未希たちは顔を見合わせながら相談し始めた。

食べるかどうか、ではなく、どうやってこいつを諦めさせようか、と。

未希の腕に抱きかかえられて事の成り行きを見守っていた千佳はというと、その相談には加わらず、颯真の下げた頭をジッと見つめていた。

普通、こんなことできるだろうか？

同じクラスになってひと月も経っていないクラスメイトなんて、ほとんど他人だ。そんな相手に邪険に扱われ、断られ続けても、折れることなく頼み込み続ける。言葉にするのは容易いが、なかなかできることではない。

普通の人ならとっくに諦めている。それどころか、最初からこんなことできない。少なくとも、千佳にはできない。きっと足がすくんで、無理無理無理と持ってきたタッパーをカバンの一番奥に押し込んで、なかったことにしてしまう。

にもかかわらず、彼は平然とやってのけている。すごいとしか言いようがない。

この人は、自分が持っていない強さを持っている。勇気を持っている。

頭を下げる颯真が、ちょっとだけカッコよく見えた。

「ちょっと千佳⁉」

未希の悲鳴のような声を聞いて、千佳は自分の手がタッパーに向かって伸びているのに気付いた。

自分でも驚いた。本当に無意識だった。

「千佳、そんなの食べちゃダメよ」

「そうよ、お腹壊したらどうすんのよ」

「捨てちゃえ捨てちゃえ」

周りの友達が一斉に制止してきた。未希は手にしたマカロンを奪い取ろうとさえした。

だが、千佳は奪い取られるより先に、ピンク色のマカロンを口に運んでしまった。

おいしそうと思ったわけではない。颯真の頼みを聞いてあげようと思ったわけでもない。勇気ある彼が作ったものを食べたら、自分も勇気を分けてもらえるかもしれない。そんなくだらないことを考えたからだ。

口の中に入れたマカロンは、ホロリと優しく崩れてくれた。そしてアーモンドの甘い香りがふわりと広がる。

「……うん、おいしいです。食感もすごくよくて」

「ホントか？」

颯真が顔を上げ、千佳をまっすぐ見つめてきた。

「ガナッシュもしっとりしていて、いいと思います。甘さ控えめですし」

「ガナッシュは今回のポイントなんだ」

　これが、千佳と颯真が交わした初めての会話だった。

「未希ちゃんたちも食べてみませんか？　おいしいですよ」

　千佳が促すと、未希たちはいささか気が進まないようだったが、それでも千佳が勧めるならと渋々マカロンを口に入れた。

「……おいしいわね」

「うん、よくできてる」

「コンビニのよりおいしいかも」

　未希たちの評価も上々だった。

　颯真のお菓子は結構おいしいという評判は、女子たちの間であっという間に伝播し、試食に参加する女子の数はどんどん増えていった。今思うと、彼のお菓子がきっかけで一年四組の女子は仲良くなった気がする。

　最初はキモイだなんだとひどい言いようだった未希たちもあっさりと手のひらを返し、颯真が作ってくるお菓子を心待ちにするようになった。

「よかったですね、市瀬さん。みんなが喜んで食べてくれるようになって」

持ってきたガトーショコラが大好評だった時に、彼にそんなことを言ったことがある。

「まあな。でも、まだまだだ。俺の菓子はもっともっとうまくなるはずなんだ」

彼は女子に食べてもらえても、全然満足していなかった。彼の目的はあくまで自分のお菓子作りの腕を上げることだった。

その姿はまるっきり求道者のようで、気持ち悪いとかカッコつけてるとかスイーツバカとか陰口を叩かれたりもした。だが、彼はそんなことお構いなしに、自分が進みたい道に向かって全力で走り続けている。

千佳は、そんな颯真が羨ましく、眩しかった。

あのひたむきさ、他人にどう言われようと夢に向かって努力を積み重ねられる心の強さは、臆病で自分に自信がない千佳が欲しいと思っても手に入れられなかったものだ。

そんな彼と、今日思いがけずたくさん話をすることができて、ものすごく楽しかった。お前にしかできないことなんだと頼まれた時には身震いするくらい嬉しかった。

それだけでなく、お互いの目的のために協力することになった。この先も颯真と話をする機会が得られたと思うと、小躍りしたくなるくらい幸せな気持ちになれた。

一人ではできなかったことが、彼と一緒ならできる気がする。

彼に手を引かれた時、ドキドキして、ワクワクした。彼から勇気を分けてもらい、世界が大きく開いていくようで胸が熱くなった。

「……ですが、先程の私は、ちょっと違う気がします」

右手に視線を注いだまま、小さく呟く。

未希たちがいつも自分にやっているように『可愛がる』ということをやってみた。親や親友にはできないから、颯真相手にしてみた。

――はずだった。

未希たちが自分を可愛がる時は、とにかく可愛がりたい・甘やかしたい・自分の『好き』を全力で伝えたい、という気持ちでいっぱいだった。

だけど、先程千佳の胸中に生まれた感情は、それとは違う気がする。

颯真の恥ずかしがる表情・困った顔を見た時、ゾクゾクした。心が今までにないほど高揚した。彼の表情を可愛いと思った。もっと見たいと思ってしまった。

なんだか悪いことをしている気にもなったが、自分でも止められなかった。

あんなことをした自分に驚いてしまう。

「あの自分は、何なのでしょう？」

右手を見つめながら自問する。

だが、手が答えてくれるはずもなかった。

第二章　笑顔たっぷりのストロベリーパフェ

翌日の朝、颯真（そうま）は教室に入ってすぐに千佳（ちか）を捜（さが）し始めた。

「まだ来てない、か」

彼女の姿を見つけられず落胆（らくたん）する。

もっとも、捜すまでもなく、いつだって賑（にぎ）やかな彼女たちがいたら、こんなに教室が静かなはずがないのだが。

「翔平（しょうへい）、おはよう」

「颯真、おっすー」

親しいクラスメイトとあいさつを交わした後、自分の席でスマホをいじりつつ千佳が登校してくるのを待つ。

早く千佳と話し合って、色々と打ち合わせをしたかった。

お互いの目的のために協力し合おうと約束したのはいいが、いつ・どこで・何を、など具体的な取り決めは何もしていないのだ。

昨日のうちに決めておくか、せめて連絡先の交換をしておくべきだったが、帰り際に千佳に驚かされたせいで、そういう細かいことは全部頭から吹き飛んでしまった。

「……昨日のあいつ、なんかヤバかったな」

いつもの千佳はマスコット的で愛らしく、見ているだけで癒やしを与えてくれるような存在だ。女子たちのようにあからさまに可愛がったことはないが、見ていて父性というか保護欲というか、そういうものを刺激される少女なのは間違いない。

だというのに、昨日の千佳は、いつもの彼女とは全然異なった。

大人っぽくて、妖艶で、気を緩めると捕食されてしまいそうな、そんな怖さがあった。

それでいて、包まれると安堵してしまうような安心感もあった。

「あいつにあんな演技力があったなんてな」

思い返して頬が赤くなるのを自覚しつつ、呟く。

あの時、驚き、困惑すると同時に、ドキドキもしてしまった。

……うん、あの時の千佳は、可愛いではなく、綺麗だった。

雰囲気一つであんなに変わるとは。

女の子というのは、よくわからない。

「……忘れた方がいいかもな。その方が心身の健康にいい気がする」

かぶりを振って気持ちを切り替え、スマホでお気に入りのレシピサイトを眺めることに専念する。色鮮やかなお菓子の写真たちが、ざわついた颯真の心を慰めてくれた。

「あのあの、未希ちゃん、もう教室に到着したんですけど。そろそろ手を放してくれませんか？」

「いいじゃない。チャイムが鳴るまでこうしていましょうよ」

「いえ、さすがにそれはちょっと……」

千佳たちがやってきたようだ。

スマホをズボンのポケットにつっこみ、教室に入ってきた女子二人のもとへ向かう。

「あ、市瀬」

先に気づいたのは、未希の方だった。

「なに、ひょっとして朝からお菓子を食べさせてくれるの？」

彼女の言葉に、教室にいた女子たちの空気が一瞬で血に飢えた肉食獣のそれに変じる。

「違う。今日はお菓子はなしだ」

襲われてはかなわないので、空手をアピールするために両手を上に上げる。

女子たちの空気がなぁんだつまんないと弛緩するのを感じながら、

「そうじゃなくて、千佳に用があるんだ」

「……『千佳』？」

名前を呼ばれた当人ではなく、未希の眉がピクリと上がる。

「ちょっと待ちなさい。市瀬、なんであんたが千佳をそんなフレンドリーに呼ぶのよ。あんた、そんな距離感じゃないでしょ」

「こいつがそう呼べって言うんだよ」

「はぁ？　千佳が？」

「あのあの！　颯真さんこちらへ！」

未希が思い切り怪訝な顔をするのと、千佳が颯真の袖を引っ張るのはほぼ同時だった。

ズルズルと廊下にまで連れ出される。

「なんだよ、名前で呼べって言ったのはそっちだろ」

昨日、家に帰ってから、里見千佳をどう呼ぶか小一時間ほど悩んだ。その結論として、『千佳』と呼ぶことにした。気恥ずかしさがないと言えばウソになるが、あそこまでやられて『里見』と呼ぶのは、負けたというか、逃げたみたいだ。だから、教室内でも堂々と『千佳』と呼んでやることにした。

「そうなんですけれど、男の子に『千佳』って呼ばれたことないので、なんだかこそばゆくって」

千佳がえへへと照れながら頭を掻く。

「やめてほしいならやめてやろうか？　千佳」

昨日恥ずかしい思いをさせられた意趣返しも込めて、からかい口調で言ってやった。

「いえいえ、どうぞ遠慮なく『千佳』って呼んじゃってください。やっぱり、名前で呼び合う方が、距離が縮まっていい協力関係になると思うんです」

「……お前がいいならそれでいいけど」

『千佳』と連呼したら、恥ずかしいのでやっぱりやめてくださいと言うかと思っていたので、当てが外れてしまった。

「だけど、斉藤へのフォローはしてくれよ。俺じゃどうにもならんからな、あいつ」

「わかりました。言っておきます。でも、未希ちゃんについては、こちらからも一つお願いがあるんです。未希ちゃんに、私たちの約束は言わないでくれませんか」

「そりゃまたなんでだ。変な誤解される前に、説明した方がいいと思うんだが」

こういうことを下手に隠すとロクなことにならないのは、古今東西のお約束である。悪いことをするわけではないのだから、親友にはきちんと言っておくべきだろう。

しかし千佳はブンブンと大きくかぶりを振り、

「ダメですダメです！　未希ちゃんに知られたら、絶対に付いて来るって言い出します。

それでは意味がなくなっちゃいます」

「あー……そうなるか」

千佳を溺愛している未希の行動が予想しやすいだけに、ものすごく説得力がある。

「わかった。千佳がそう言うなら、言わないようにする」

颯真が首を縦に振ると、千佳はホッと安堵の息を漏らした。

「お願いしますね。それで、そちらのご用件は何ですか?」

「昨日の約束のことだ。具体的にいつするのかとか全然決めてないだろ」

「そういえば、そうでしたね」

千佳は頬に指を当てて考えつつ、

「では、さっそくですけれど、今日の放課後はいかがでしょう」

「俺は全然大丈夫だ」

帰宅部で塾通いもしていない颯真のスケジュールは、埋まっている方が珍しい。

「よかった。それでは、学校が終わったら、駅前で待ち合わせしましょうか」

「駅前? わざわざそんなところで合流しなくても、学校でいいだろ」

何と言っても、二人はクラスメイトなのだ。

「未希ちゃんに見られたら、大変ですから」

と、ちょっと申し訳なさそうに、千佳が一年四組の教室に目を向ける。

「こんなこと、お友達に対して言うのは、気が引けるんですけど……」

「いや、あの可愛がりようを見れば警戒したくなるのも無理はないって。まあいいじゃないか。そのうち成長した千佳を見せて驚かせてやろうぜ。そしたら、あいつもきっと喜ぶだろ」

「いいですね、それ。成長して今までの分の恩返しをしたいです。私、がんばります！」

千佳は颯真の考えが気に入ったようで、ぽんと嬉しそうに手を叩いた。そして、可愛らしく拳を天井に向かって突き上げてみせる。

「ほらほら、颯真さんも」

「お、俺も？」

「決起集会ですよ決起集会」

「廊下の隅でか」

「いいじゃないですか。ほら、えいえい、おー！」

「お、おー」

子供っぽく笑う千佳は、いつもの千佳だ。

昨日の夕暮れの彼女は、何かの間違いだったのではと、思えるくらいに。

放課後、掃除当番を終えた颯真が駅前に向かうと、千佳がいつもの明るい笑顔で出迎えてくれた。

「悪い、遅くなった」

「いえ、全然大丈夫ですよ」

颯真は頭を下げたが、千佳はむしろ楽しそうで、

「こうやって私が先に着て、誰かを待つなんて初めてなので、ワクワクしちゃいました」

「こんなことでワクワクするのかよ」

「だって、未希ちゃんとお出かけする時は、いつも未希ちゃんが私を迎えに来るので、一人で待つなんてなかったですから。ナンパや誘拐されたらどうするのって」

「過保護すぎるだろあいつ」

未希に教えるなと千佳が強く懇願してきたのも、わかる気がした。

「颯真さんのおかげで、さっそくやりたいことが一つできちゃいました」

「まだ待ち合わせ場所で合流しただけなんだけどな」

颯真がゆるくつっこむと、千佳はえへへと照れ臭そうに笑った。

「で、今日は何をするんだ？」

プランを立てることもやりたいことの一つだと言うので、颯真は試食を頼みたい店を伝えただけで、それ以上のことは全部千佳に丸投げしていた。

「今日はですね、お買い物をします！」

「お前、買い物したことないのか？」

颯真が目を丸くすると、千佳はさすがに心外だと唇を尖らせつつ、

「いくらなんでもありますよぅ。でも、スーパーとかコンビニとかへのおつかいばかりで、自分でお店を選んで自分で何を買うか選んでっていう買い物はないんです。だから、大人への第一歩として買い物をしようと決意しました！」

なんだか、自立心が芽生え始めた小学生みたいだ。

「実は、前から行きたかったお店がいくつかあるんです。ですが、未希ちゃんは、そのお店は私にはまだ早いって連れて行ってくれないんです。なので、せっかくですし、そのお店で私一人でのお買い物にチャレンジしようかと」

千佳が通学カバンからスマホを取り出し、行きたい店リストを見せてくる。男の颯真は知らない店ばかりだが、店名から推測するに雑貨屋や服屋が大半のようだ。

「あ、颯真さん、一応念押しさせていただきますけど、私一人でお買い物頑張りますから、

助太刀（すけだち）はしないでくださいね」

「わかってる。そういう約束だからな」

「でも、独りぼっちだと心細くなっちゃいますから、側にいてくださいね」

「それも約束する。俺は今日一日千佳に付いて行くだけだ。その代わり、きちんと道案内してくれよ。この年で迷子とか嫌だからな」

「迷子になんかなりませんってば」

子供っぽく頬（ほお）を膨（ふく）らませる千佳を見ていると、一抹（いちまつ）の不安がよぎってしまうのが正直なところだ。

「私、そこまで子供じゃありません。事前にきちんとお店の場所は調べてありますし」

「わかったわかった。なら、全権を委ねるから案内してくれ」

「はい！　ではでは、こちらです！」

そう言って千佳は、腕を振って元気に歩き出した。

「そういえば、斉藤はどうした？　今日も生徒会か？」

隣（となり）を歩きながら、ふと気になって尋（たず）ねる。

「いえ、フリーだそうです。遊ぼうって誘（さそ）われたんですが、用事があるからってお断りしました」

落胆する未希の顔が目に浮かぶ。

「見つかったら、俺が半殺しにされそうだな」

「まさかそんな」

思わず首をすくめたが、千佳は面白い冗談を聞いたと言わんばかりにクスクスと笑った。

「半分以上冗談じゃないんだけどな」

「大丈夫ですよ。私が断ると、さっさと帰っちゃいましたから」

言われて、未希が千佳を含まずにクラスメイトと一緒にいるところを見たことがないのに気付く。

「ひょっとしてあいつ、千佳以外に友達いないのか？」

「そんなことないですよ。……多分」

「あいつ、子離れしないとヤバそうだな。千佳が自立したら、ボッチになるぞ」

「颯真さん、私、未希ちゃんの子供じゃないんですけれど」

「似たようなもんだろ」

「私、颯真さんとも未希ちゃんとも同級生で同い年なんですけれども」

「一応、そういうことになってるよな」

「い、一応……。うう、早くしっかりした大人になって見返してやるんですから」

颯真がちょっとからかってやると、千佳はしょんぼりしてしまった。

……本当に子供だな、こいつ。

仕草やリアクションの一つ一つが幼く見えてしまう。

未希が心配になって、ついつい構ってしまうのも、わからなくはなかった。


意気揚々と千佳が向かったのは、キャラクターグッズを取り扱うショップだった。

「おおう……」

思わず、そんな呻きが漏れてしまう。

猫をモチーフにした愛くるしいキャラのグッズが店内所狭しと並んでいた。ぬいぐるみに始まり、タオル、Tシャツ、アクリルスタンド、文房具に、マグカップにお皿。とにかく、猫、猫、猫。圧巻と言う他ない。

何なんだこの空間はと男の颯真は気圧されてしまうが、お客の大半を占める女性陣は微塵もそんな気配はなく、皆一様に目をキラキラと宝石みたいに輝かせ、猫グッズを物色していた。

そして、店内に足を踏み入れた途端、千佳もそんなお客の一人になった。

「うわあ、ニャンちゃん！　お会いしたかったです！」

幼稚園児みたいな幼いはしゃぎ声を上げ、ビッグサイズのぬいぐるみに思い切り抱きつく。

「これ、ものすごく可愛いです！　颯真さんもそう思いませんか？」

「あ、ああ、可愛いとは思う、けど……」

無邪気な問いかけにぎこちなく頷いてから、

「この店が斉藤にまだ早いって言われた店なのか？」

「そうなんです。こんなに可愛いのに、行っちゃダメなんてひどいと思いません？」

このファンシー極まりない店のどこが女子高生には早いのだろうか。遅すぎるの間違いではないだろうか。

どれだけ店内を見回しても、女子高生が来店を制限される要素は見当たらない。まさか裏でR18な商品を扱っているわけでもないだろう。一体何が問題なんだろうか。

顔をうずめるようにぬいぐるみを抱きしめている同級生を眺めながら、懸命に頭を悩ませたが、全然わからない。

「なあ、なんでこの店に来ちゃダメって言われているんだ？」

頭の中で白旗を振りつつ、千佳に尋ねる。

するとし彼女は、ぬいぐるみのモフモフの中から半分だけ顔をのぞかせながら、

「大人っぽくて私に似合わないって言うんです」

「……は？」

言っている意味が全然理解できず、固まってしまう。

まんまるでモフモフしていて、現実の猫以上に可愛らしくデフォルメされているこのにゃんこなキャラが、大人っぽい？

何かの冗談かと思った。

だが、千佳は大真面目で、

「未希ちゃんは、こっちの方が私にぴったりだって言うんです」

と、家の鍵に付けたキーホルダーを見せてきた。

ピンク色の、これまたまんまるくデフォルメされたひよこのキャラクターがぶらんぶらんと揺れている。こちらもこちらでものすごく可愛らしい。颯真目線で言えば、どっちもそんなに違いがない。

「こっちの猫は、長生きして妖怪猫又になっちゃったっていう設定があって、年齢が二百歳を超えているんです。で、こちらのひよこは生まれたばかりの設定なんです」

「……で？」

「『千佳には赤ちゃんキャラの方が絶対に似合っている』って言うんです。私、みんなと同い年なのに、どうして赤ちゃんキャラが似合うんでしょうか」

ぷんぷんと憤慨する千佳の傍らで、探していたグッズを発見したのか、小学校低学年の女の子がはしゃいだ声を上げた。

しょ、しょうもない……！

あまりのくだらなさに、颯真は膝から頽れそうになってしまった。

ビックリするぐらいどうでもいい。なんて低レベルなことで揉めているんだろうか。未希たちをもてはやしている翔平あたりに聞かせてやりたい。

「そういうわけで、今まで未希ちゃんに反対されて来れなかったこのお店を、大人への第一歩に選んだんです」

千佳は大真面目に熱弁を振るうが、聞けば聞くほど脱力してしまい、体を支えるために手近な棚を掴む羽目になってしまった。

昨日喫茶店で彼女が語った決意は感動した。怠惰に慣れてしまうぬるま湯な環境を良しとせず、なりたい自分になるために頑張ろうと決意するなんて、口で言うのは簡単だが、実行するのはなかなか難しい。人間、楽な方へ流れてしまいたくなるものだ。

だから、颯真の目をまっすぐ見て己の決意をはっきり言った千佳は、カッコいいとさえ思った。

なのだが、どうやら彼女がやろうとしていることは、本当にささやかなものらしい。

もちろんそれが悪いわけではないし、軽んじるつもりもない。今までやったことがないことに挑戦するのは、それだけですごいことだ。

しかし……。

「あ、こっちのぬいぐるみ可愛いです！　で、でもでも……た、高いです……！　うう、私のお部屋にお迎えできそうにありません……」

見守ってくださいと頼まれ、それを請け合った身としては、それなりの覚悟と責任感を持ってこの場にいるつもりだ。しかし、これくらいのことだったら、そんな大層な気合は必要なかった気がする。

千佳には失礼かもしれないが、身構えていた自分がバカバカしく思えてしまった。

「颯真さんも何か買いませんか？　とっても可愛いですよ」

店内をグルリと一周してすっかりテンションが上がった千佳が、両手で大事そうに抱きしめているぬいぐるみをこちらの顔に押し付けんばかりの勢いで迫ってくる。

「いやいや、絶対に俺には似合わないだろ。というか、俺の財布はいつだってカツカツなんだ。こんな贅沢品を買う余裕なんかない」

「あっちにシリコントレイがありましたよ。あれってゼリーとか蒸しケーキを作るためのものではないでしょうか」

「え、マジか。どこだ？」

「こちらです！」

千佳に案内されたコーナーには、調理グッズがずらりと並んでいた。

「あ、底が猫の顔になってる。てことは、猫顔のゼリーとか作れるのか。女子ウケしそうだな。一つくらい買おうかなー」

お菓子は見た目も重要な要素だ。疎かにはできない。

「颯真さん颯真さん！　こっちにパンケーキ用のプレートがありますよ！」

「高すぎて手が出ないって。シリコンのこれだけにする。どれがいいかな」

「こっちのウインクしているのはどうですか？」

「目の溝が細かくて洗う時面倒そうだから却下だ」

「颯真さんって、そういうところ主婦的なんですね」

「うるさい、大きなお世話だ」

そんなことを言い合いつつ、シリコントレイを一つチョイスする。そして、それを代金と一緒に手渡す。

「ついでだから一緒に買ってくれ」

「はい、わかりました！　颯真さんに与えられたお役目、きちんと果たしてみせます！」

「いや、そんな大袈裟な――」

――ことじゃないだろ、と言いかけて、こいつにとっては大袈裟なことかと思い直す。

人間、どんなことだって初体験は緊張するものだ。もはや記憶にないが、颯真も初めてのお使いの時はきっと緊張したはずだし、生まれて初めてのケーキの時もドキドキしたはずだ。

……そういえば、初めてケーキを作ったのは、いつの時のことだろう。

ふと、考えが横道に逸れそうになる。

それを元に戻したのは、緊張しきった千佳の声だった。

「で、で、では、会計してきますね」

ガチガチに緊張しながら、ぬいぐるみとシリコントレイを両腕に抱えてレジに向かう。

「颯真さん、そこにいてくださいね」

「わかった」

「振り向いて、いなくなってたら泣きますからね」

「しねーよ」

「ワアワア泣きますからね！」

「わかったって！」

早く行けと手で追い払い、他のお客の邪魔にならないように店の入り口あたりで待つ。

会計待ちのお客の列に並んだ千佳は、時折不安げな視線をこちらに飛ばしてきたが、それでも一歩一歩確実にレジに向かって歩を進めていった。

「これくださいって台に商品を置いて、金額を言ってくれたら、お金を払う。これくださいって台に商品を置いて、金額を言ってくれたら、お金を払う。これくださいって台に商品を置いて、金額を言ってくれたら、お金を払う……」

買い物の手順をブツブツと確認しているのが、入り口近くからでも聞こえる。

……なんだろうな、この感情は。

同級生が買い物しているのを眺めているだけなのに、今まで覚えたことがない感情が胸中に込み上げてくる。

うまく形容できないが、不安と期待がない交ぜになったカオスな感情だ。

千佳を見ていると、頑張れという気持ちと大丈夫だろうかとハラハラした気持ちが混在してしまう。もしも颯真が女だったら、未希と一緒になって千佳を猫可愛がりしていただろう。

颯真がソワソワと見守っているうちに、千佳の会計の番が回ってきた。

店員に抱えていた商品を差し出し、バーコードを読み取ってもらい、代金を支払う。一度財布から取り出した硬貨を落としそうになったが、トラブルはそれくらいのもので、拍子抜けするくらいあっさりと会計は済んだ。

「買えました！　颯真さん、見ててくれましたか？　私、ちゃんと一人でお買い物できました！」

まるっきり初めてのお使いレベルのチャレンジだが、当の本人は高難度クエストを達成できた新米勇者のように誇らしげな顔をして駆け寄ってきた。

「見てたぞ。もっとてこずるかと思ったけど、全然そんなことなかったじゃないか。えらいえらい」

「えへへー。――って、ちょっと颯真さん！　未希ちゃんみたいなことしないでください！」

「あ、悪い。つい撫でてしまった」

他のお客の目があるというのに、無意識に彼女の頭に手が伸びてしまった。謝罪しつつ、ふわふわの髪の感触を覚えてしまった手を引っ込める。

「ともあれ、これで私は大人の階段を一歩上ったことになりますね！」

「その言い方は公衆の面前でしない方がいいけど、まあ、そうだな」

パチパチと拍手してやると、買った商品が詰め込まれたお店の袋を抱えて、ピョンピョン跳ねて喜び出した。

「やったやった！　やればできるじゃないですか私！」

その姿は、全然大人っぽくない。

「――あ、そうでした」

ひとしきり喜びの舞を披露した千佳が、袋をゴソゴソさせて二つのものを手渡してきた。

一つは猫のシリコントレイ。もう一つは、

「こちらは私が初めて一人で買い物に成功した記念と見守ってくれたお礼です」

指で摘まめるくらい小さなサイズの猫のぬいぐるみだった。サイズのわりに精巧でよくできている。

「こんなものをもらうほどのことはしていないんだけど……」

手のひらにちょこんとお座りする猫と見つめ合いつつ、困惑の表情を浮かべてしまう。

颯真がしたのは見ていたことだけだ。こういうことをされると、逆に恐縮してしまう。

「いいですから、もらってください。ほらほら、お揃いです」

千佳は全く同じぬいぐるみを摘まんで見せながら、ピカピカに輝く笑顔を向けてくる。

無理に断ると、この笑顔に水をさしてしまう。

「……わかった。机の上にでも置かせてもらう」

「はい！　ぜひ！」

颯真がぬいぐるみを通学カバンに収めると、千佳は嬉しそうに、そして大事そうに、自分のぬいぐるみを袋の中に戻すのだった。

「さぁ！　次のお店に行きましょう！」

自分一人で買い物を成功させてすっかり自信をつけた千佳が、やるぞー、と可愛らしく拳を突き上げた。

「まだ行くのか？」

次は颯真がリクエストしたカフェに行くものだと勝手に思い込んでいた。

「実は、颯真さんが行きたいお店、予約しているんです。ですが、その予約の時間までまだあるんです」

「用意がいいな。俺、カフェの予約なんてしたことないぞ」

「予約もやってみたかったので。ちょっとドキドキしましたが、スマホでなんとかできました」

手際の良さに驚くと、誇らしげにスマホの画面を見せてきた。確かに予約時間までまだ余裕がある。

「時間が決まってるなら、その間もったいないし、次に行くか」

「こちらです！」

颯真が了承すると、千佳は元気に歩き出した。

「楽しそうだな」

「楽しいです！」

尋ねると、彼女は元気いっぱいに大きく頷いた。

「いつも未希ちゃんにあっちに行こうこっちに行こうって連れられてばかりですから、私が行き先を決めて先導するって初めての経験です。だからすごく新鮮で嬉しくて」

「そんなものか」

買い物のために歩いているだけなのに、この喜びようだ。やはり、この少女は自立心が強い。にもかかわらず、他人に振り回される受け身のポジションにいるのは、気の弱さゆえか、はたまた優しさゆえか。

……いや、違うか。

それらも理由の一つだろうが、それ以上に、この少女が保護欲をそそりまくる存在なのが大きな理由だろう。それはもう、見ているだけで、大丈夫かな？　危なくないかな？　手伝ってあげた方がいいんじゃないかな？　守った方がいいんじゃないかな？　と思ってしまうほどに。

小柄ではないし、顔立ちも幼くない。いわゆる、ロリな容姿をしているわけではない。黙って立っているだけならば、美人と形容する方が正しいだろう。しかし、纏う雰囲気がなんともあどけなく可愛らしい。

このちぐはぐさが、庇護欲を刺激するのかもしれない。

千佳の横顔を眺めているうちに、次の店に到着した。

「はぁい、到着しましたー」

「……定番と言えば定番、だな」

店構えを見て、思わず呟く。

二番目の店は、女性向けのアパレルショップだった。白を基調とした清潔そうな店内に、花壇に咲く花のようにカラフルな服がたくさんディスプレイされている。

女の子の買い物で、服飾関係がないはずがない。先程見せてくれたリストにもそれらしき店名はあったし、そのうちこういう店に足を運ぶことになるだろうなと覚悟はしていた。

だが、いざ本当に店内に入るとなると、緊張してしまう。女性向けアパレルショップに立ち入ったことなんて、人生で一度もないのだから。

「ではでは入りましょー」

「お、おう」

「あれ？　ひょっとして颯真さん、緊張しています？」

「うるさい」

お客も店員も女性で、男は颯真一人きり。目がチカチカしそうなほどカラフルだし、アロマでも焚いているのか甘ったるい香りもする。

こんな状況で緊張するなと言われても、無理な相談だ。

千佳の後ろを付いて歩きつつ、さっさと終わってくれと祈るしかない。

「ちなみに、颯真さんはどんな服がお好きなんですか？」

高そうなスカートを手に取る千佳に尋ねられた。

「俺に聞くのかよ」

「せっかくご一緒していますから、ご意見を聞いてみようかなぁって」

さも当然のように言うが、颯真からすればとんでもないことだ。無理無理と手を全力で振って返答を拒否する。

「スイーツの善し悪しならともかく、女物の服の善し悪しなんてわかるわけないだろ。聞くなら店員に聞けよ。あっちはプロなんだから」

自社ブランドで身を固めた若い店員は、店内をゆっくり歩きながら、お客に声をかける機会を窺い続けている。

「おっしゃる通りですけど、それではつまらないかなって。先程のお店では自分一人で選んで買えましたから、今回は変化をつけてお友達と相談して選んでみようと思いまして」

ほらほら、とスカートを見せつけてくる。

「私の経験値を高めるために是非ともご協力を。それに、お友達とあれこれ相談しながら服を選ぶって楽しいと思いますよ？」

「そりゃ女子同士限定の話だろ」

どれだけ言われても、協力しようという気はちっとも起きない。サラリとした手触りのスカートをやんわりと押し返す。

「むー」

すると、千佳は頬を膨らませて、むくれてしまった。構ってくれなくてふてくされたハムスターみたいだ。

「な、なんだよ、無理なものは無理だって」

「そーですかそーですね。ご無理を言いました！　それでは、私一人で選んで買うことにします！」

機嫌を損ねてしまったらしい。

とはいえ、こっちの言い分としては、その頼みは無茶振り過ぎだ。できないことはどうやってもできない。

「まったくもう、ホントにもう……！　絶対に一緒に選んだ方が楽しいのに……！」

などとブツブツ文句を言いながら、一人で服を選び始めた。

「あの、できるだけ早くしてくれよ」

ここは男にとって居心地が悪いし、颯真にとって大本命のカフェも控えている。

だが、千佳はチラリとこちらを見て、

「大切なお小遣いをはたいて買うのですから、しっかりと、吟味に吟味を重ねます。ええ、颯真さんがお手伝いしてくれないから、時間がかかってしまうと思います」

と、なんとも冷たいご返答。

「いやいや、大丈夫だって。お前だったらどんな服だって着こなせる。自分に自信を持てよ」

「颯真さん、私がそんな安っぽい言葉で騙せると思ったら大間違いですからね」

たっぷり三十分は店内を回っただろうか。

「うん、こんなものでしょうか」

何着かの服をチョイスして、千佳は満足そうに頷いた。

「やっと決まったか。なら、さっさと会計しようぜ」

早々に退散したい颯真がカウンターを指さすが、彼女はそちらとは逆方向に歩き出す。

「お、おい？」

「試着しないといけませんから」

「試着⁉」

「すみません、こちら試着したいのですが、よろしいですか？」

悲鳴を上げる颯真を尻目(しりめ)に、店員にフィッティングルームの使用許可をもらって、さっさとカーテンの向こうへ入っていく。

「あ、颯真さんはもちろんそこで待っていてくれますよね？」

と、カーテンを閉める前に一言。

──シャッ。

「経験ゼロのくせに、なんだ今の店員との手慣れた感があるやり取りは……」

「ふんふんふ～ん♪」

先ほどまでの不機嫌とは一転して上機嫌な千佳の鼻歌に合わせるように、カーテンがヒラヒラと揺れ、ゴソゴソと衣擦れの音が聞こえてくる。

早く出てきてくれよ……。

踊るように動くカーテンをできるだけ見ないようにしながら、そんなことを祈ってしまう。

別に悪いことをしているわけではない。クラスメイトが試着しているのを待っているだけだ。なのに、落ち着かない。居心地が悪い。ソワソワしてしまう。

どのくらいかかっただろうか。

おそらく五分かそこらだろうが、颯真にはその何倍にも感じられた。

「どうですか？　似合っているでしょうか」

着替えた千佳が勢いよくカーテンを開け、聞いてくる。

「似合ってる似合ってる。全然大丈夫だから――」

さっさとこの場から逃げ出したい颯真は、あらかじめ考えていた適当な褒め言葉を並べ立てようとした。とにかく褒めてしまえば満足するだろうと思ったのだ。

だが、そんないい加減な褒め言葉は、着替えた彼女を見た途端、霧散してしまった。

「……あ」

代わりに、意味のない音を発してしまう。

見慣れた女の子が着替えただけでものすごく美人に見えて見惚れてしまう。漫画でよく見たシチュエーションだ。こんなバカなことあるはずがない、と読んだ時は思った。服装が変わっただけでそんなに変わるはずがない、と。

だが、着替えた千佳を見た瞬間、颯真の心臓はドクンと大きく跳ねた。

「千佳、か……？」

呆けた顔で、バカみたいな質問をしてしまう。

千佳に決まっている。彼女がフィッティングルームに入っていくのをしっかり見ているのだ。手品師が使うマジックボックスじゃあるまいし、別人が出てきたらとんでもないことになってしまう。

「前から、こういう服を着てみたかったんですよね。ちょっと勇気いりましたけど、似合ってます？」

颯真の様子に気づかない千佳が、どうですかと自分を見せつけてくる。

彼女が選んだのは、ラベンダー色のカットソーとレースで縁取られた黒のシースルーインナー、黒のレザーパンツ、それにアクセントとして真っ白なサッシュベルトを腰にゆるく巻き付けている。

「少しは大人っぽく見えるでしょうか?」

少しどころではない。ものすごく大人っぽく、色っぽく、綺麗だ。見ているだけで加速度的に脈拍がドンドン速くなっていく。

カットソーは大胆なオフショルダーで、高校の制服では絶対に見ることはない白くて華奢な肩や鎖骨が露わになっている。パンツもピタリとしていて、彼女の細い脚線をこれでもかと強調している。

ラベンダーと黒という大人びた色、普段見ることができない素肌、自分がチョイスした服を着ている満足感と自信、そういうものが相まって、今の千佳はとんでもなく大人に見えた。女子たちに可愛い可愛いと甘やかされまくっている子供な彼女はどこにもいない。

制服から、ちょっと背伸びした服に着替えただけ。それだけだ。なのに、こんなに雰囲気が変わってしまうなんて。こんなにドキドキしてしまうなんて。

高鳴る心臓を押さえながら、颯真はただただ見惚れるしかできなかった。

「あの、颯真さん?」

問いかけに対して無反応な颯真を訝しみ、顔にかかった一房の髪をかき上げながら顔を近づけてくる。

そんな何気ない仕草でもドキリとしてしまう。

「いかがでしょうか？　サイズ的には大丈夫なんですけど、見た目的にはちょっとわからなくて。おかしくないです？」

千佳がくるんと回って見せる。

「い、い、いいんじゃないか。うん、大丈夫だと、思うぞ」

ぎこちなく相槌を打ちつつ、さりげなく顔を逸らす。間近で直視できない。

「颯真さん、ちゃんと見て言ってください。お小遣いをはたいて買うんですから、適当な感想では困ります」

「いや、もう十分見たから大丈夫だ」

「……颯真さん？」

ようやく、颯真の様子がおかしいと気づく。眉をひそめつつ、つつつと回り込んで顔を覗き込もうとする。

「いや、なんでもない」

逆方向に顔を逸らす。

千佳がまた回り込む。

顔を逸らす。

回り込む。

「…………」

「…………」

店内の華やかな喧騒をＢＧＭにしつつ、二人の間に奇妙な沈黙が流れる。

その沈黙を破ったのは、千佳の方だった。

「耳が真っ赤ですよ」

「赤くない！」

反射的に耳を押さえながら、千佳の方を見てしまう。

すると、彼女はニマニマと小悪魔的な笑みを浮かべてこちらを見ていた。

しまった、と思っても、もう遅い。

「颯真さんって、やっぱり可愛いところありますね」

「……だから、可愛いとか言うんじゃない」

顔をしかめてみせるが、頬や耳が赤くなっているのは隠しようがなかった。

千佳は、そんな颯真を見て満足したのか、フフッとほほ笑み、手を挙げて店員を呼んだ。

「すみません、こちらの四点を購入させていただきます。気に入ったので、このまま着て帰っていいですか？」

「このまま⁉　俺、その恰好の千佳の隣歩かなくちゃいけないってことか⁉」

「お買い上げありがとうございます。もちろん構いません。それでは、値札だけ外させていただきますね」

颯真の悲鳴なんか聞こえなかったように、千佳と店員は見事な連携プレイであっという間に会計を済ませてしまった。

「さあ、それではカフェに行きましょうか」

本気でこの恰好のままでいるつもりのようだ。

ありがとうございましたと店員に頭を下げて颯爽と店外へ出ていく。

「マジっすか……」

思わず、そんなことを呟いてしまう。

と、千佳を見送った店員と目が合った。面白いものを見るように、クスリと笑われてしまった。

「……行けばいいんだろ、行けば」

颯真は半ば自棄気味にそう呟き、千佳の後を追うのだった。

居た堪れない、というのはこういうことを言うのだろう。

「ふんふん～ん♪」

上機嫌でよくわからない鼻歌を歌っている千佳の隣を歩きながら、颯真はひそかに思った。

クラスメイトの女子と一緒にカフェに向かっている。状況としては、それだけのことだ。なのに、ものすごく落ち着かない。念願のカフェに向かっているというのに、帰りたくて仕方がない。

「……こんなこと、マジであるんだな」

千佳に気づかれないように、口の中で小さく言う。

着替えただけで、こんなに劇的に雰囲気が変化するとは。隣に歩いているのは、本当に里見千佳なのだろうかと疑いたくなってしまうレベルだ。

……無茶苦茶綺麗だ。

気を抜くと、いつまでも見惚れてしまいそうなほどに。

だからこそ、ものすごく居た堪れない。

自分が隣を歩いていいのかと思ってしまう。元より、女の子と二人きりで何かをするなんて数えるほどしか経験がない。そういう男子高校生が、とんでもなく綺麗な女の子と連れ立って歩くなんてことをしたら、緊張してしまうに決まっている。

颯真は、自身の経験値の無さを嘆いた。

「どうせなら、靴も服に合わせたのが欲しいです。オシャレでカッコいいパンプスとか。色はシックなベージュかなぁ。今度、靴を買う時にも付き合ってくださいね」

そんな颯真の様子など全然気づいていない千佳が、お気楽なことを言ってきた。

幸せな奴、とまた口の中で言って、こっそりため息をつく。

「颯真さん、どうかされました？」

そのため息を聞きつけたわけではないだろうが、千佳が足を止めた。

いつの間にか二人の距離が開いている。緊張した颯真の足が無意識に鈍っていたようだ。

「気にせず先に行ってくれ。店の場所は知っている」

「それじゃ面白くないじゃないですか。一緒に行きましょうよぅ」

見た目は大人っぽくなっても、子供っぽい話し方は変わらない。

「あんまりのんびり歩いていたら、予約の時間を過ぎてしまいますよ」

そう言って、颯真の袖を掴んで引っ張り始めた。

「お、おい……！」

「ほらほら、急ぎましょうよ」

颯真が抗議の声を上げてもお構いなしだ。

「私、颯真さんとカフェに行くのを楽しみにしていたんですから。この間の喫茶店も素敵でしたし、今日のカフェもオシャレっぽいですよね」

「いや、あのな、一人で歩けるから放してくれないか？」

「ダーメです。それじゃ一緒に行かないでしょ？」

千佳の腕の力は案外強かった。振りほどこうとしても全然振りほどけない。

「さあさあ、早く行きましょー」

明るく言って、グイグイ引っ張っていく。

「勘弁してくれよ……」

せめて、このみっともない姿を知り合いに見られませんように。

そう祈らずには、いられなかった。


今日のカフェは、前回の喫茶店とは打って変わって明るい雰囲気で、ＢＧＭもポップな曲調のものが流れていた。店内を漂う香りも、コーヒーの香ばしいものよりスイーツの甘いものの方が比率が大きい。席も若いお客が大半を埋めていて活気があった。

「すみません、予約していた者ですが」

颯真の袖を掴んだままの千佳がスマホの予約画面を見せると、バイトと思しきウエイトレスはスムーズに二人を外の景色がよく見える窓際の席に案内してくれた。

「……やれやれ」

千佳から解放されてどっこいしょと椅子に座った途端、ドッと疲労が押し寄せてきた。

「颯真さん、オジサンくさいですよ」

「うるさい」

お前のせいで疲れたんだろがと、と向かいの席に腰を下ろした千佳を軽く睨んでやった。

「ストロベリーパフェとアイスティーをお願いします」

お冷やとおしぼりを持ってきたウエイトレスに、前もって決めていたメニューを注文する。

「パフェ、ですか」

千佳が少し意外そうに小首を傾げた。

「ここのパフェは有名なんだ」

店内を軽く見回しても、パフェを楽しんでいる女性の姿がいくつもある。

「あの、こう言ったらなんですが、パフェって材料をパフェグラスに重ねるだけのものですから、勉強とかそういうものってないんじゃないですか？　ネットで写真を検索すればそれで十分なような……」

「言いたいことはわからないでもないけどな。でも、実際に食べてみないとわからないことってあるだろ」

　菓子やスイーツとは、五感で楽しむものだ。目で、耳で、鼻で、手で、舌で感じて楽しむ。ネットで見ただけでは視覚以外の情報は得られない。

　確かにパフェの製作工程は至ってシンプルだ。だが、プロの卓越した腕によって作られたパフェは、素人のそれとは明らかに違う。

「見ただけでプロと同レベルのものが作れるなら、世の中プロだらけになってるだろ。スイーツ作りはそんなに甘いものじゃない。少なくとも、俺は写真を見ただけで上達できるほど器用じゃないしな」

　自身が天才ではないことは、小学生の頃からお菓子作りを繰り返してきて痛感している。自分は凡人だ。だからこそ、努力と勉強を重ねていくしかない。

　そんなことを語る颯真の顔を、千佳は頬杖を突きながらじぃっと見つめていた。

「……なんだよ」

　大人びた雰囲気の今の彼女に見つめられると、それだけで頬がむずがゆくなってくる。

「お菓子のことになると、すごく真剣な顔になるんだなって」

「当たり前だろ。パティシエになるのが、俺の夢なんだから」

夢に対して真剣になるのは当然だ。夢に対して不真面目になれるとしたら、それは夢なんかじゃない。

「そういう颯真さん、すごくカッコいいです」

「お前、よく平気な顔でそういうことを言えるよな」

「私、普段自分が可愛い可愛いって言われてますから、こういう台詞に抵抗ないのかもしれません」

「俺は慣れてないからやめてくれ」

カッコいいと言われたことなんて、十五年の人生で数えるほどしかない。

照れ隠しにお冷やに手を伸ばすと、千佳はくすりと笑い、

「そうやって恥ずかしがる颯真さんは、可愛いと思います」

「……だから、そういうこと言うなって……」

この少女といると、照れたり渋い顔になったりと、表情が忙しい。

「お待たせしました」

颯真がお冷やを飲み干した頃、ウエイトレスがストロベリーパフェとアイスティーを運んできてくれた。

「わぁ、綺麗ですね」

　パフェを見た千佳が歓声を上げる。

　彼女が言った「パフェは材料を重ねるだけ」という説明は間違っていない。ネットに転がっているパフェのレシピを検索したら、本当にそれくらいしか書かれていない。だが、たったそれだけの工程で、バラバラの材料が一つのスイーツに昇華するのだ。

　玉子色のスポンジケーキ、ルビーカラーのストロベリーソース、きつね色のコーンフレーク、ホワイトスノウのホイップクリーム、ピカピカに輝く宝石みたいなイチゴ。色鮮やかな材料たちが美しい層を成し、見た目も楽しませるスイーツとなる。

「綺麗だな」

　颯真も千佳と同じ感想を漏らす。同じ材料を渡されたとしても、颯真にはこんなに美しい配分で盛ることはできない。研究と経験とセンスがこの美しい層を作っているのだ。

「では、いただいてよろしいですか？」

「頼む」

　颯真が促すと、千佳はいただきますと軽く合掌をしてから、柄の長いソーダスプーンをストロベリーパフェの中にゆっくりと差し込んでいった。

　イチゴ、ホイップクリーム、ストロベリーソースと少しずつ掘り進め、食べていく。

そして、グラスの一番底にスプーンの先が到達すると、感想を口にした。

「楽しいです」

「楽しい？」

予想外な表現が出てきた。

「一つ一つの材料がおいしいのは当然ですが、それらが口の中で合わさることによって段々味が変化していくんです。それが楽しいです。そして、同じ味と食感の組み合わせが存在しないんです。スプーンを入れる度にすくいあげる中身がちょっとずつ変わっていって、口の中を飽きさせません」

「だから『楽しい』か。なるほど」

「そういう意味で一番注目したのは、コーンフレークです」

グラスのちょうど中間に位置するきつね色の層をスプーンで指し示す。

「これ、以前は単なるカサ増しだと思っていたんですが、試食という意識を持って食べると、ここで食感がガラッと変わって、お客を飽きさせないための層なんだと気づかされました。多くもなく少なくもなく、ちょうどいいアクセントとして機能しています」

「……すごいな」

「ええ、評判なだけありますね」

「違う違う。すごいのは千佳だよ。ものすごくきちんと試食してくれていると思ってな。感心した。やっぱり、千佳に試食係を頼んで正解だった」

味覚が鋭いというだけではなく、きちんとした観察眼と思考力を持っている。菓子作りを己の命題にしている颯真でも、ここまでスラスラと的確な考察を言えるかどうか自信はない。

千佳は褒められて嬉しそうにしつつも、ちょっと自信なげに体を縮こませた。

「そこまで言っていただけると、逆に申し訳なくなります。素人が偉そうに言っているだけですから」

「そんなことないって。率直な方が助かる。ひょっとしたら、千佳にはお菓子作りの才能があるのかもな」

わずかな嫉妬を込めて言う。両親がパティシエ・パティシエールの彼女は、お菓子作りの才能を持っている可能性がある。自分が凡人だと痛感している颯真には、その可能性が羨ましい。

しかしラベンダー色のカットソーに身を包んだ千佳は苦笑を漏らし、

「何度か両親と一緒にお菓子作りをしたことはありますが、才能があると感じたことはありません。だから食べる専門になりました。お菓子作りに限った話ではなく、自分の中に両親や未希ちゃんみたいに秀でた何かがあるなんて思えないです」

「……そういうものか」

優秀な人間が周りに多くいる彼女なりに、思うところがあるようだ。

「それより、颯真さんも食べてみませんか？」

と、千佳がパフェをすくったスプーンをこちらに向けてきた。

「俺はいいよ。それは千佳に食べてもらうために注文したものだ」

「そう言わずに。先程、実際に食べてみないとわからないことがあるって言ってたじゃないですか。私の感想を聞くだけよりも、颯真さんも実際に食べた方が得るものは大きいはずです」

「それは、そうだけど……」

彼女の言うことは極めて正論だ。

しかし、それでもスプーンの先を見つめつつ、躊躇ってしまう。

すると、尻込みする颯真を見て、千佳がくすりと笑った。

「私に食べさせられるのは、恥ずかしいですか？」

「そーだよ。その通りだよ。気づいているなら言うんじゃない」

考えていることを見事に的中されて、頬を赤くしながらブスリとしてしまう。

「ふふっ、やっぱりそうでしたか」

彼女が笑うたびに、むき出しの白い肩がキラキラ光って見える。

「恥ずかしがる颯真さんって本当に可愛いですね。頭をなでなでしたくなっちゃいます」

「その恰好でそういうことを言うのは、マジでやめてくれ」

自分がとんでもなくガキに思えてしまう。

「食べるから、グラスとスプーンを貸せよ」

間接キスだなんだといじられるかもしれないが、食べさせられるよりはいくらかマシだ。

しかし千佳は当然のように拒絶し、

「ダメです。私は普段食べさせられるばかりで、誰かに食べさせてあげるってしたことがないからやってみたいんです。私がやりたいことに、協力してくれるんですよね？」

と、スプーンを口元へ近づけてくる。

「できる範囲でだ」

「私は颯真さんに食べさせたい。颯真さんはこのパフェを食べて味を勉強したい。お互いメリットしかありません。断る理由なんて、ないじゃないですか」

「俺の羞恥心が考慮されてないぞ」

半眼で突っ込んでやるが、彼女はお構いなしにスプーンを口元でゆらりゆらぁりと躍らせる。

「ほらほら、一口どうぞ？　すっごくおいしいですし、勉強になりますよ」

「う……」

強く突っぱねることができない。千佳の感想を聞いて、自分も食べてみたいという欲求が強くなっていたからだ。彼女が『楽しい』と表現した味の変化とは、どんなものなのか。カサ増し目的のはずのコーンフレークがもたらすアクセントとは、どれほどのものなのか。自分の口でも確かめたい。

「店内に知り合いはいませんよ。それに、食べさせ合いっこしているお客、結構います。ほら、あそことか」

彼女が指さす先を見ると、大学生くらいの男女がお互いのパフェをシェアしている。

「……そうみたいだな」

「だったら、私たちが同じことをしたって別におかしなことじゃないですよ」

羞恥心と味に対する探究心が、心の中でせめぎ合う。

「聞くは一時の恥聞かぬは一生の恥なんて言葉もあります。ここで食べなかったら後悔すると思いませんか？」

「お前がスプーンとパフェをこっちに渡してくれたら、それで全解決するんだけど」

「それはぜーったいに嫌です」

「そう言うと思ったよコンチクショウ」

一睨みして、それから大きく息を吐き出した。

「ほら、食べさせろよ」

羞恥よりも夢を取る。颯真はそういう少年だ。

「ではでは、いきますね」

颯真が口を開けると、千佳は嬉しそうにスプーンを口の中に入れてくれた。

「……うまい」

評判がいいのは知っていたが、実際に食べてみて、その理由を身をもって知った。ホイップクリームの甘み、イチゴの甘酸っぱさ、ソースのなめらかなトロトロ、スポンジケーキのフワフワ、コーンフレークのサクサク、それらが口の中で混ざり合った時のバランスが絶妙なのだ。計算された味のハーモニーがグラスの中に詰め込まれている。

「もう一口食べます？」

「頼む」

彼女が言った味の変化とやらが気になり、勧められるままに二口目も食べさせてもらう。

確かに、一口目とは微妙に味や食感が変化している。たかがパフェ、されどパフェ。お菓子やスイーツの道は奥が深いと痛感してしまう。

「……また真剣な顔、見れちゃいました」

「何か言ったか？」

「いーえ、何でもありません」

千佳は笑って誤魔化し、さらにソーダスプーンを颯真の口元へ運んできた。

「それより、もう一口どうぞ」

「それはお前に食べてもらうために注文したんだ。もういいよ」

「いいですからいいですから。ほらほら、遠慮なさらず」

「……じゃあもう一口だけ」

そう言って、千佳にまたパフェを食べさせてもらう。

「楽しそうだな、お前」

ホイップクリームのなめらかさを口いっぱいに感じながら言うと、彼女はコクリと大きく頷いた。

「それはもう。こんな機会、今までありませんでしたから」

やりたいことをやっている、お世話されるばかりだった自分がお世話をしている、そういう実感が彼女に笑顔を与えている。そしてその笑顔は、教室では見ることができないタイプの笑顔だ。年上の女性のような、慈愛と責任感を含んだ優しい笑顔。

大人びた服装で、こんな笑顔をする千佳を見るのは、多分自分が最初の人間だ。そう考えると、悪い気持ちはしない。

「はい、あーん」

もはや断る理由なんか、どこにもないように思えてきた。

大人しく口を開く。

「おいしいですか？」

「ああ、うまい」

何なんだろうな、こいつは。

パフェを食べさせられながら、ふと思う。

普段はとんでもなく子供っぽいが、こうやって驚くほど大人っぽい一面を見せてきてドキリとさせられる。服を着替えただけでビックリするぐらい綺麗になったかと思えば、いつも通りの子供っぽいリアクションもする。子供と大人がクルクルと入れ替わる不思議な少女。

見ていて忙しいが、その一方で新鮮で楽しくもある。

これからも、一緒にいる機会が増えれば、彼女の色んな顔を見ることになるのだろうか。

そんなことをぼんやり考えていると、千佳がいいことを思いついたと手をポンと叩(たた)いた。

「カップル専用のパフェってあるじゃないですか。大きくて二人で一緒に食べるの。以前未希ちゃんに借りた漫画で見たことがあります。あれを食べてみたいです。今度あれを食べに行きましょう」

「絶対に行かないからな。どーせ俺が恥ずかしがるのを見るのが目的なんだろ」

「そのパフェが美味(おい)しくて有名だったらどうします？」

「……考える」

「颯真さん、案外チョロいですね」

「うるせーな」

そんなことを言い合いながら、颯真はグラスの中身が空になるまでパフェを食べさせられたのだった。

§§§§§§§§§§§§§

「千佳、今朝はなんだかご機嫌ね」

翌朝、今日も今日とて手つなぎ登校をしている最中に、未希にそんなことを言われた。

「え？　わかっちゃいます？」

「うん、何かいいことでもあったの？」

「いいことっていうか、昨日の放課後、すっごく楽しかったんです」

「あれ？　昨日は用事があったんじゃないの？」

「その用事が楽しかったんです」

「へぇ、楽しい用事ってなんだったの？」

「えへへー、秘密です」

上機嫌な千佳が指を唇に当てて内緒のポーズを取ると、未希は不思議そうに首を傾げた。

本当に、昨日の放課後はものすごく充実していて楽しかった。

誰かの介添えなく自分一人で欲しかったグッズや服を買えたし、カフェの予約もきちんとできた。店員さんに自分から話しかけることもできたし、購入した服をそのまま着て帰るなんて高等テクニックもできてしまった。

千佳としては、百点満点の放課後である。

買い物だけでなく、颯真とのやり取りも実に楽しかった。

いつもしっかりしていて頼りがいがあり、お菓子のことになるととても真剣な眼差しになる彼を、千佳は尊敬している。こういう人間になりたいと憧れている。その気持ちに嘘偽りはない。

なのだけれども、恥ずかしがる彼を見ると、普段ならありえない感情がムクムクと込み上げてしまう。

ついつい、からかったりいじめたりしたくなっちゃうのだ。

あんな衝動、今までなかった。自分でもびっくりだ。

あんなこと、してはいけない。

そんなこと、わかっている。

でも、うーん。

颯真のあの恥ずかしがる顔を見たら、自分を抑えられるかどうか、自信がない。

「あんなに可愛いのがいけないんですよね」

「ん？　何が可愛いの？」

小さな独り言を未希が耳ざとく聞きつける。

「千佳より可愛いものなんてこの世にはないと思うんだけど」

「それはその……ありがとうございます」

自分を大事にしてくれるのは嬉しいけど、こういう時に真顔になる未希はちょっとだけ怖い。

ギュッと握ってくる未希の手の力強さを感じながら一年四組の教室に到着すると、颯真が男子たちに囲まれていた。

「颯真白状しろよ！」

「お前、菓子作りに忙しいから女作る時間ないとか言っておきながら、きっちりヤることヤってたんじゃねぇか！」

何やら男子が殺気立っている。

「人違いだって！」

颯真は首を横に振って必死に否定しているが、男子たちはその言葉を全く信じていない。

「あれは絶対にお前だった！」

「そうだ、あれは間違いなく颯真と女子大生だった！」

和気藹々とした雰囲気のこのクラスであんな言い合いが起こるなんて、実に珍しい。

「朝っぱらからうるさいわね」

未希はうるさげに眉をひそめたが、千佳はすぐにピンときた。昨日カフェでパフェを食べているところを誰かに目撃されていたようだ。店内に知った顔はなかったが、二人が座った席は窓際だった。外から目撃されたのかもしれない。

えへへ、私が女子大生かぁ。

大人っぽくなりたいと選んだ服を着て勘違いされたのだから、ちょっと嬉しい。

「なあ颯真」

激しく言い争っていた男子が急に穏やかな表情を見せ、颯真の肩に両手を優しく置く。

「オレたちは別にお前の幸せを妬んだり、ブチ壊そうとしているんじゃない。祝福したっていい。おめでとう。幸せに」

他の男子からパチパチと拍手が沸き起こる。

「お、おう……？」

男子たちの急な変わりように、颯真が戸惑いと警戒の表情を見せる。

「オレらはな、その幸せをほんのちょっとわけてほしいだけなんだ」

「……つまり？」

「女子大生とパイプあるなら、紹介してくれ」

「だからないってそんなパイプ！」

「まだウソつくかこのヤロウ！」

「そんなに年上の女と知り合いたいなら、年齢詐称してマッチングアプリでもやれよ！」

「やったけどダメだったからお前に頼んでいるんだろうが！」

「もうお試し済みかよ！」

男子に詰め寄られている颯真と、一瞬目が合った。

――助けてくれ――。

彼の目が、そう訴えかけてきている。

気持ちはわかるが、昨日のあれは私なんです！　と千佳が正体を明かしたところで、彼を囲む人間が男子から未希たちに変わるだけだろう。それでは根本的な解決にはならない。

それに、二人だけの秘密を他の人に軽々しく話してしまうなんて、なんだか嫌だ。もうちょっと大事にしておきたい。

そう考えた千佳は、他の人に気づかれないように、こっそりと指でバツ印を作ってみせた。

「…………！」

それを見た颯真の顔が、置いてけぼりを食らった犬みたいに悲しげな表情になった。

……うん、抱きしめたくなるくらい可愛いですね。

こんなこと思ったらいけないのだろうけど、そう思わずにはいられなかった。

第三章 Chocolate de Familia

学校で颯真と千佳が言葉を交わす機会は、そう多くはない。

挨拶程度はもちろん普通にできるが、それ以上の言葉を交わすのはなかなか難しい。

「千佳、化学の教科書とノート、ワタシが持ってあげようか？」

「あのあの、そんなことまでしてくれなくていいですよぅ。私だってそれくらい持てます。未希ちゃん、そこまで気を遣わなくていいですから」

「気を遣ってるんじゃないわよ。千佳のお手伝いをしたいだけなんだから」

理由はもちろん、千佳の傍にはいつだって未希を筆頭とした女子たちがいるからだ。彼女たちの目を掻い潜って話すのは至難の業としか言いようがない。

とはいえ、無理に校内で直接言葉を交わす必要もほとんどなかったりする。先日、後ればせながら連絡先を交換したので、スマホを使えばいくらでも連絡は取れる。

なので、次の授業のためにクラスメイト全員が化学室に移動し始めた時に、彼女に呼び止められたのは少々予想外だった。

「颯真さん、ちょっとよろしいでしょうか」

「あれ？　お前さっき未希たちと一緒に化学室に行ったよな」

　整理整頓していないロッカーの奥から化学の教科書の発掘に手間取っていた自分が、最後だと思っていた。

「忘れ物があると言って引き返してきたんです」

　もちろんウソですけど、と小さく舌を出してみせる。

「颯真さんに直接お話したいことがありまして」

「直接？」

「あの……えっと、そのぅ……」

　モジモジと言い淀む。

　が、すぐに顔を上げ、緊張した面持ちでこちらをまっすぐに見つめてきた。

「こ、今度の日曜日って、お暇ですか？」

「日曜？　特に予定はないけど……」

　友達に誘われれば遊びに出かけるが、そうでなければお菓子作りの勉強か練習をしているだろう。

「よろしければ、私のおうちに遊びに来ませんか？　私、颯真さんをおもてなししたいんです」

「おもてなし？」

颯真が反芻すると千佳はコクリと頷き、

「私、未希ちゃんとか他のお友達の家に遊びに行ったら、すっごいおもてなしを受けるんです。こんなにしてもらっていいのかな？　って思っちゃうくらい。でも、逆に私が誰かをおもてなししたことがないんです。おうちにお友達を呼んだことがないわけではないんですが、その場合はいつもお母さんとお父さんが完璧に準備しちゃいますから」

「元パティシエ・パティシエールの歓待ってなんかすごそうだよな」

そうなると、千佳が入り込む余地がないのは想像に難くない。

「ですが、一人の人間として、もてなされるばかりではいけません。誰の力も借りることなくお友達をおもてなしできるようになりたいんです。いつか未希ちゃんたちをおうちに呼んで私だけの力で満足させたいんです」

強い決意の表れか、彼女の拳が無意識に握られる。

「で、その前段階として俺を練習台に使いたい、と」

「お願い、できませんか？」

颯真が理由を理解すると、千佳が上目遣いになりながらおずおずと尋ねてきた。

「そう、だなぁ」

丸めた化学の教科書で自分の肩をポコンポコンと叩きながら考える。

「本当に未経験ですから、満足のいくおもてなしはできないでしょうけど……」

「俺相手にそんなに肩肘張るなよ。やってみたいようにやってくれればいいんだけど」

返答を躊躇したのは、そこではない。

男の自分が、ホイホイと女の千佳の家に行っていいのだろうか？　ということだ。

小学生の頃ならいざ知らず、高校の今、女子の家に遊びに行くのはなかなか勇気がいる。

というか、颯真は小学生の時だってそんなことしたことがない。だいたい、自分や千佳がよくても、娘を溺愛しているという彼女の両親がいい顔をしないはずだ。

「――待てよ。なあ、日曜日に千佳の親はいるのか？」

「両親はその日不在です」

「土曜は？」

「多分、在宅ですけど……。それがどうかしたんですか？」

颯真の質問の意図がわからず、千佳が小首を傾げる。

「よし、なら土曜日にしよう」

「え？　土曜日ですか？」

思わぬ提案に千佳の両目が大きく見開く。

「せっかくお菓子のプロがいる家に行くんだ。会って色々話を聞きたい

憧れの職業に就いていた人たちに生の話を聞かせてもらう。進みたい進路がある学生にとって、これほどありがたいことがあるだろうか。

「……むー」

「親に話できるようにしてくれよ。だったらいくらでも行くし、いくらでも練習台にしてくれていいから。な！　な！」

「まあ、別にいいですけどぉ」

「マジか！　やった！　約束したからな！」

千佳が急にむくれ始めたが、パティシエ・パティシエールに会えるとはしゃぐ颯真はまるで気づかなかった。

「ちょっと千佳ー。忘れ物見つからないの？　チャイム鳴っちゃうよー？」

颯真がガッツポーズを取っていると、化学室に向かったはずの未希が引き返してきた。

「あれ？　市瀬もいる。……何？」

他に誰もいない教室で二人きりだったことに不信感を隠そうともせず、颯真から遠ざけるように、千佳を自分の胸元に引き寄せる。

「市瀬、千佳が可愛いからって変なことしようとしてたんじゃないでしょうね。千佳も、こいつに『お菓子あげるからスカートめくって見せて』とか言われても絶対に断るのよ」

「完全に変質者じゃねーか。俺がそんなことするわけないだろが」

教室で喋っていただけなのに、とんでもない容疑をかけられそうになってしまう。

「そうですよ、未希ちゃん」

颯真が全力で否定すると、千佳もそれに同調してくれた。ただし、その声はなぜかものすごく冷ややかだった。

「そんなことありえないですよ。どうやら颯真さんは、私には興味がないようですから」

「え……？　千佳……？」

氷のように凍てついた視線が突き刺さる。いつもふわふわ笑っている分、ギャップが怖い。

「未希ちゃん、化学室に急ぎましょう」

「う、うん……」

千佳が促すと、いつもの千佳らしくない様子に戸惑いつつ未希も教室を後にした。

颯真だけが、教室に取り残される。

「…………？」

最後まで千佳が不機嫌な理由がわからず、首を傾げるしかできなかった。

次の土曜日、颯真は千佳に教えられた住所を頼りに彼女の家を目指していた。

「この辺、来たことがないからわからないんだよなぁ」

千佳の家は古い住宅街の中にあり、道がごちゃごちゃと入り組んでいて、初めて訪れる人間にはわかりにくかった。

自転車を走らせ、時々止まってはスマホのマップアプリで現在地を調べ、また自転車を走らせる、を何度も繰り返し、ようやく到着できた。

「ここが千佳の家か……」

彼女の名字、『里見』の表札が掲げられた家を見上げながら、大きく息をつく。

その家は、何の特徴もないごくごく普通の古びた二階建ての建て売り住宅だった。強いて言えば、鮮やかなオレンジ色の屋根が特徴と言えるだろうか。

元パティシエ・パティシエール夫妻が住む家なのだから、お洒落な洋館とかお菓子のための工房やハーブ園があるとか、そういうのを密かに期待していたので、ちょっとがっかりしてしまった。

自転車を適当なところに停めさせてもらい、インターホンを鳴らす。

程なく、スピーカーから千佳の声が聞こえてきた。

『はーい』

「俺だ。来たぞ」

『お待ちしておりました！』

彼女の声は弾んでいた。

颯真の方もワクワクしていた。

プロのパティシエ・パティシエールに会える！

千佳から家に誘われてから、颯真の頭の中はこればかりだった。

一介の高校生が憧れの職業のプロに会える機会なんて、そうそうあるものではない。話したいこと聞きたいことが山ほどある。あれを話してみよう、これを聞いてみよう。そんなことをずっと考えっぱなしだ。昨晩など、頭の中で聞きたいことリストを作っていて、なかなか寝られなかった。

「いらっしゃいませー」

玄関の戸が開き、笑顔の千佳が出迎えてくれた。

制服でもなく、この間買った大人っぽい服でもない。なんとも年齢にそぐわない子供っぽい恰好をしている。彼女の趣味ではないだろう。未希のチョイスだろうか。

「ちょっと道に迷って遅れてしまった。悪い」

「いえいえ、大丈夫ですよ。この辺、古い住宅街ですから迷いやすいんです。未希ちゃんも初めて来た時は迷子になっちゃいましたから」

「スマホがなかったら、俺も迷子になってたな」

「迷子になって泣きそうになった颯真さんも見てみたかったです」

「うぉい」

半眼になってつっこむと、千佳はクスクスと笑った。

「冗談ですよ。さあ、中へどうぞ」

「最近のお前を見てると冗談に聞こえないんだよ。まあいいや、お邪魔しまーす」

里見家に足を踏み入れる。

家に入った途端、よその家特有のにおいがしてきた。芳香剤を使っているのか、爽やかなシトラス系の香りがする。

「あ……」

緊張し、全身の筋肉がこわばるのを自覚する。

狭い玄関ホールに、年配の夫婦が並んで立っていた。

両者ともに髪は見事に灰色で、年齢は五十過ぎ、下手したら六十を超えているかもしれない。年を取ってからの子供と教えてもらっていたから間違えないが、事前情報がなければ、両親ではなく祖父母と勘違いしていただろう。

この人たちが、パティシエとパティシエール……！

そう思うと、自然と背筋が伸びた。

「はじめまして。千佳……じゃない、里見さんのクラスメイトの市瀬颯真です。本日は、お招きいただき、ありがとうございます」

颯真ができうる限りの丁寧さで挨拶をし、頭を下げる。百点満点には程遠いが、礼儀作法を全然知らない男子高校生としては、頑張ったつもりだ。

「…………」

「…………」

だというのに、二人は無反応だった。

いらっしゃいも、娘がお世話になっておりますも、何も言わず、ただジッとこちらを凝視している。

…………？　どうしたんだ？

予想外のノーリアクションに戸惑ってしまう。

「あの、お父さん？　お母さん？」

千佳もよくわかっていないのか、颯真と両親の顔をキョロキョロと見比べる。

ややあって、

「男だ……」

「男の子だわ……」

両親の口から信じられないものを見たかのような感想が出てきた。

……そういうことか。

それで、彼らのノーリアクションの意味を理解する。

彼らにとって颯真は、娘のクラスメイトでも、自分たちに憧れを持つ学生でもない。娘が初めて家に呼んだ男なのだ。

おそらく千佳は両親には友達を呼ぶとしか言っておらず、性別を告げていなかった。だから、驚いているのだ。

……ヤバくないか？

溺愛している娘が、何の予告もなしに男を家に招いたのだ。普通に考えて、颯真が大歓迎を受ける可能性は極めて低い。

「え、ええと、千佳ちゃん」

先に復活したのは母親の方だった。困惑の表情を浮かべつつ、

「今日呼ぶお友達って、男の子だったのね。私だけで準備しますって張り切っていたから、てっきり未希ちゃんだと思っていたのだけれども」

「はい、今日のお客は颯真さんです！　最近、一緒にいることが多いんです！」

娘が無邪気に頷くと、母親はますます困惑の表情になってしまった。

「そ、そうなの。仲良しなのね。二人は普段どんなことをしているのかしら？」

「一緒に可愛い小物を買いに行ったり、服を買いに行って試着を見てもらったり、カフェに行ってパフェをあーんって食べさせたりしています！」

うん、確かにそうだ。ウソ一つなく真実のみを言っている。しかし、色々と説明が足りていない。

「それはその……仲良しなのね」

困り切った表情で、母親は同じ言葉を繰り返すだけだった。

そして、そんな妻の隣でずっと無言の父親は、どす黒い怒りのオーラを発し続けていた。

凄まじい形相でこちらを睨みつけている。普通に怖い。

……これはダメだな。

とてもではないが、話を聞かせてもらえるような雰囲気ではない。下手に話しかけよう

ものなら殴り殺されそうだ。

颯真は、昨晩一生懸命考えた聞きたいリストを頭の中でそっと握り潰した。

トントントンとリズムよく二階への階段を上る千佳の後を追いながら、そう言わずにはいられなかった。

「頼むから、後でおじさんたちに説明しておいてくれよ」

「説明って、何の説明です？」

「俺たちの関係だよ。お前の両親、百パー勘違いしているぞ」

私たちお部屋に行きますけど絶対に入ってこないでくださいね、と千佳が宣言した時の父親の顔は、それはもう、恐ろしかった。パティシエなんかじゃなく、何人もコンクリ詰めにしてきたヤのつく職業の人にしか見えなかった。

せっかく色々話を聞こうとしていたのに、計画は完全にパーだ。ため息しか出てこない。

すると、ドアの前で千佳がクルンと振り返り、こちらを見つめてきた。

「勘違いって、どんな勘違いです？」

大人びた千佳が顔をのぞかせている。

「どんな、って、そりゃ……」

言い淀むと、彼女はますます顔を近づけてきた。

「私の両親は、どんな勘違いをしているんですか？」

彼女の大きな瞳に、自分の顔が映り込んでいる。戸惑いの表情を浮かべつつ、彼女をまっすぐ見つめている。なんとも情けない。

気づかれないように小さく嘆息し、それから千佳の脳天にチョップをかましてやった。

「ていっ」

「イタッ。ぼ、暴力を振るわれましたぁ！　ひどいです！」

「うるさい。とにかく、後でおじさんたちに説明しとけよ」

「はぁい、わかりました。大丈夫ですよ。お父さんもお母さんも、人の話はきちんと聞いてくれる人ですから」

からかい過ぎたと思ったのか、苦し紛れの暴力に対する非難もそこそこに、千佳は自室に招じ入れてくれた。

彼女の部屋は家同様にごくごく普通の部屋だった。ぬいぐるみが専用の棚にずらりと並んでいるのが目を引くが、それくらいしか気になる箇所はない。学習机、本棚、衣装ケース、ベッド。それから、颯真のためによその部屋から運んできたらしい折り畳み式の小さなテーブル。

可愛い可愛いと言われまくっているせいで、勝手にピンク色に染まった少女趣味な部屋を想像していたが、全然違った。

「さあさあ、こちらへどーぞ」

勧められるままにフカフカのクッションの上に座り込む。

千佳の方も、その颯真の傍らにストンと腰を下ろした。

「さてさて、それでは始めましょうか」

「お、おう……？」

可愛らしく頑張るぞのポーズを取る千佳を、若干警戒気味に見てしまう。

「颯真さん、食べたいお菓子はありますか？」

部屋の中央に据えられたテーブルの上には、お菓子がゴチャッと詰まれていた。ポテトチップス、チョコレート、スナック菓子、グミにキャンディー。コンビニでよく見るお菓子が山となっている。

「ええと……じゃあ、そこのチョコのやつを」

「はーい」

千佳の細い指がパッケージを剥がし、チョコレートでコーティングされたスナック菓子を取り出す。

「はい、あーん」

「え？」

「ほらほら、お口を開けてください」

「あ、あーん……」

菓子で唇をつつかれ、口を開くと、恐る恐るといった手付きでチョコ菓子が入れられた。

「どうですどうです？　おいしいですか？」

「うん、うまい」

サクサクと軽い食感が口の中に広がる。

「ですよね！　私もこのお菓子大好きなんです。未希ちゃんともよく食べているんです」

「うまいよな、ここのメーカー」

スナック菓子を食べながら相槌を打つ。

「颯真さん、お菓子メーカーの大量生産のお菓子もきちんと研究されているんですか」

「当たり前だろ。職人の手作りだろうが、工場の大量生産品だろうが、うまいものはうまい」

「本当に、お菓子に関することだけは、ものすごく真面目ですね」

「その言い方だと、お菓子以外は不真面目に聞こえるぞ」

「気のせいですよぉ」

そらっとぼけた千佳は、颯真の口の中が空になったのを見計らって、

「次はどれがいいですか？　それとも、ジュースにします？」

「じゃあ、ジュース」

「はぁい」

用意していたオレンジジュースをグラスに注ぎ、ストローを差して口元へ近づけてくる。

「果汁百パーだな」

「もちろんです！」

千佳の笑顔を眺めながら、ズズズと音を立ててオレンジジュースを飲む。

「あ、そうだ。肩もみさせてください肩もみ！　私、肩もみってしたことがないんです」

「俺は肩凝り持ちじゃないんだけど。まあいいや、やりたいならやってくれよ」

「はい！」

元気よく返事した千佳が背後に回り込み、両肩を揉み始める。

「いかがですか？」

「正直よくわからん」

肩凝りがない上に、女子の腕力なので刺激も弱い。ふにふにとした感触で撫で回されているようで、くすぐったいというか、むずむずするというか、そんな感じで気持ちいいとは思えなかった。

「そうですかぁ。やっぱり未希ちゃんのようにはいきませんね」

千佳がちょっとしょんぼりする。

「肩凝り持ちなら感想変わってくるかもだから、親にやってみたらどうだ？」

「お父さんたち、肩凝りあるんでしょうか」

「大人はたいてい肩凝り持ちって話だぞ」

半ば偏見だが、多分間違っていない。

「だったら、今晩にでも試してみます。ではでは、次は腕をマッサージしますから、腕をテーブルの上に置いてくれますか」

「はいよ」

言われるままに腕を突き出すと、手首から肩の付け根まで丁寧に揉み始めた。

「…………」

「…………」

千佳は無言で一生懸命マッサージをし、颯真は黙ってそれを受ける。

静かなマッサージタイムが、どのくらい続いただろうか。

「なあ、そろそろいいか？」

颯真はおもむろに口を開いた。

「なんでしょう？」

千佳が真剣な顔で腕をサスサスしながら応じる。

「これはなんだ？」

「なんだとは何のことでしょう？」

「この部屋に入ってからの全部だよ。お菓子を食べさせたり、マッサージをしたり」

「おもてなしですけれど……」

マッサージの手が止まる。

「これがか？」

「は、はい……」

颯真が奇妙な表情を浮かべたせいか、彼女の顔がだんだん不安そうに曇っていく。

この反応を見る限り、からかっているわけでも、ふざけているわけでもなさそうだ。

「あ、あの、私どこか間違っていますか？」

どこかと言われれば、全部間違っている。

「ええと……」

　何から聞けばいいのか。

「どうして千佳は、こんなもてなしをしようと思ったんだ？」

「だって、私が未希ちゃんのおうちに遊びに行ったら、こういう風におもてなしされていますから」

「あいつが犯人か」

　千佳を可愛がることを至上の喜びとしている未希は、家に呼んだ時もひたすら甘やかしまくっているようだ。

　そういうおかしな接待ばかり受けていたら、勘違いするのも無理はない。

「私、間違っていたんですね……」

　颯真が眉間にしわを刻んでなんとも言えない表情をすると、千佳はしょんぼりしてしまった。雨に濡れた子犬みたいでなんとも哀れを誘う。いじめたつもりはないが、罪悪感で胸が痛んだ。

「あー……その、な」

　言葉を探しながら、彼女のフワフワの頭にポンと手を置く。

「俺は練習台だろ？　だったら、失敗してもいいじゃないか」

「やっぱり、失敗なんですね」

千佳がますますしょんぼりしてしまう。が、颯真は構わず続けた。

「ただし、成功するまで頑張れ。失敗は反省の材料にして成功につなげろ。じゃないと、もったいない」

「もったいない、ですか」

「当たり前だろ。失敗を失敗のまま終わらせたら、何のための努力だって話だ。失敗は成功のためにあるんだ」

「失敗は成功のため、ですか……」

颯真の言葉を反芻しながら、千佳がこちらが恥ずかしくなるくらいジッと凝視してくる。

「やっぱり颯真さんって、みんなとちょっと違いますね」

「なんだそりゃ。俺が変人ってことかよ」

憮然とすると、彼女は慌てて両手をパタパタ振って否定した。

「いえ、そういうことではなくて。お父さんたちも未希ちゃんも、私が失敗すると、『気にするな』とか『大丈夫だよ』とか慰めやフォローの言葉をかけてくれます。ですが、『次は成功しろ』なんて言葉をかけてくれませんから。そういうことをきちんと言えるって、すごいなぁって思っちゃいます」

憧憬に近い視線を向けられ、気恥ずかしくなってしまう。

頬をポリポリとかきながら、

「別に崇高な理念や信念があるわけじゃない。さっきの台詞だって、半分以上自分に向けて言っている。たとえば、ケーキを焼くのに失敗して真っ黒になったとする。もったいないだろ」

「それはものすごくもったいないですね」

千佳がコクコクと子供のように素直に頷く。

「で、その失敗をそのままにしておいてケーキをまた焼いて、やっぱり失敗したらどうだ？　もったいないが二倍になるだろ」

「……確かに」

お菓子の材料費は少ない小遣いから捻出している。何度も失敗を繰り返したら、財布にもメンタルにも甚大なダメージを負ってしまう。まともに教えを受けたわけではなく、独学でしているのだから、失敗してしまうのはある意味仕方がない。ただ、失敗を重ね続けるのは嫌だった。一歩でも前に進む自分でありたい。

「だから、失敗したら、どうして失敗したかを調べて、次の時には失敗しないように解決策を見つけるようにしている。そうしたら、失敗して黒焦げにしてしまったケーキも成仏してくれると思うんだ」

颯真の説明を聞いた千佳は、くすりと笑い、

「ケーキが成仏ですか。颯真さんらしい表現ですね。でも、その気持ちはわかります。失敗をそのままにしたら、おっしゃる通りもったいないです。私も、颯真さんの考えを胸に頑張ってみます」

落ち込んでいた気持ちを上向きにして、これからどうすればいいんだろうと考え始める。

「参考までに、颯真さんは友達の家に行かれたら、どんなことをされているんですか？」

聞かれて、翔平（しょうへい）の家に遊びに行った時のことを思い返す。

「そうだなぁ。麻雀（マージャン）、ゲーム、動画鑑賞（かんしょう）、家探し、喋る、くらいか？」

「や、家探し？」

「なんか面白（おもしろ）いものないかと部屋を漁（あさ）る」

「だ、ダメですからね！　それは絶対にダメです！」

千佳が慌てて衣装ケースの前に立ちはだかる。

「安心しろ。そういうことはしないから」

さすがに女子の部屋を漁るはずがない。

「家探し以外は、なんというか、普通なんですね」

「家でできることってそれくらいだろ」

どこの家に行ったって家族がいるから、バカ騒ぎなんてできるはずもない。

「確かにそうですね。ですが、どうしましょうか。我が家には麻雀牌なんてありませんし、ゲーム機もありません。サブスクには入っていますが、せっかく颯真さんが来てくれているのに動画を見るだけっていうのは、なんだかもったいないような……」

頬に指を当て、部屋をウロウロしながら考え込む。

助言しようかとも思ったが、今日の颯真はもてなしの練習台で、アドバイザーではない。黙って見守ることに徹する。

しばらくうろつきながら、部屋の中を見回したり、天井を見たり、颯真を見つめたりしていたが、そのうち両手をポンと合わせた。

「スマホでゲームしましょう。いかがですか？」

「いいんじゃないか」

無難な提案だが、反対はしない。ズボンのポケットからスマホを引っ張り出す。

「千佳は普段ゲームはしないのか？」

「ほとんどしません。未希ちゃんたちに誘われて、お家を作ったり炭鉱掘ったりするゲームをたまにやるくらいです」

「あれか」

あれはあれで楽しいが、はっきり言って時間泥棒(どろぼう)である。今からあれをガッツリやろうという気にはなれない。

「簡単にできるＦＰＳでもやろうぜ」

「ＦＰＳってよくわかってないですけど、はーい」

テーブルを挟(はさ)んで向かい合い、アプリストアからゲームアプリをダウンロードする。

「ちなみに、俺と千佳が対戦して一方的に俺がボコるのと、チームを組んで仲良くやるの、どっちがいい？」

「私、負けるの確定なんです⁉」

「ＦＰＳはそこそこやってるから、初心者には負けないくらいの腕のつもりだ」

「仲良く一緒にやりましょうよぅ」

「この世には、接待プレイって言葉があるんだけど。俺をもてなしたいなら一つの手だぞ」

「嫌です！　負け続けたら、私泣きますよ⁉」

千佳をおちょくりつつ手早くチュートリアルを済ませ、オンライン対戦を選択(せんたく)する。

「ええと、とにかく颯真さん以外の人を見つけたら撃(う)てばいいってことですよね」

「そうそう。単純だろ？」

「したことないからドキドキします……！」

千佳が緊張しながらスマホを握り締めているうちに、マッチングして対戦が始まった。

颯真もこのゲームは初見だが、ＦＰＳはだいたい同じだ。武器や弾薬を拾いながら移動して、敵を発見したら撃ちまくればいい。

やることが極めてシンプルだからＦＰＳを提案したのだが、それでもゲーム初心者の千佳にはなかなか難しいゲームだったようだ。

「颯真さん颯真さん、私の画面真っ赤になって操作を受け付けなくなったんですけど、バグでしょうか？」

こちらに回り込んでスマホの画面を見せてくる。

「死んでるな、それ」

「もうですか⁉　私、いつの間に撃たれたんでしょう！」

「次の試合では気を付けろ」

「はぁい」

しゅんとしながら元の位置に戻る。

二戦目。

「颯真さん颯真さん、トリガーボタンを押しても弾が出ないんですが、どうしてでしょう。

きちんと弾を拾ったはずなんですが」

またテーブルの向こうからやってきて、スマホ画面を見せてくる。

「銃と弾の種類があってないんだ。千佳が装備している武器は9ミリ弾が必要。拾ったのは7・32」

「弾の種類とかとっさにわかりませんよぉ」

「大丈夫、そのうち覚える」

「うう、がんばります」

げんなりしながらまた元の位置に戻っていく。

三戦目。

「颯真さん颯真さん、弾は出るようになったんですが、全然当たりません。どうすればいいですか？」

「エイムアシストをオンにしたらどうだ？　照準を合わせるのをサポートしてくれるやつ」

「それいいですね。どうすればいいんです？」

「オプション画面を開いたらあるだろ」

「え？　ええ？　どれのことでしょう？」

「どっかにあるだろ」

「もう！」

自分のキャラの操作に集中して適当なことを言うと、焦れた千佳がとうとう隣に腰を下ろしてしまった。

「お、おい……」

近い。ものすごく近い。肩が触れ合うくらいに近い。

「エイム何とかっていうのはどこにあるんですか？」

「あ、ああ……」

請われるままにオプション画面を呼び出し、エイムアシストの項目をオンにしてやる。

「これで私も活躍できますね！　さー、次の戦いに行きましょー」

と拳を突き上げつつ、元の場所に戻ろうとしない。

「おい、お前の席はあっちだろ」

「まだまだ聞かなくてはいけないことが出てきそうですし、いちいち移動するのが面倒です」

「いや、そうかもしれないけど」

二人の距離は、密着と言っていい距離になってしまった。

多分、千佳には他意はない。

だが、颯真にとっては近すぎた。

肩が触れる。髪がくすぐる。吐息が聞こえる。体温を感じる。

この状況で緊張しない男子高校生がいたら、それは枯れているか相当変わった趣味嗜好をしているかのどちらかだ。そして、颯真はそのどちらでもない。

落ち着け……！　落ち着くんだ……！

平静を装いながら、スマホのトリガーボタンをタップする。

ドキドキしていることが千佳にバレたら、いじられるに決まっている。それは万難を排してでも避けたい事態だ。

「おおおー、私の攻撃も当たるようになりました！　これは勝てるかもしれません！」

「そうだなー」

こっちの気など知る由もない千佳が嬉しそうな声を上げ、颯真は動揺を気取られないように適当な相槌を打つ。

「颯真さんは、エイム何とかっての使わなくてもお上手ですね」

「似たようなゲーム結構やってるからな」

大丈夫。俺は普通だ。絶対に普通に見えてる。あと一・二回対戦して、ごく自然にゲームを終了しよう。そうすれば大丈夫だ。

落ち着け・冷静に・平常心で、と呪文のように繰り返しつつ、画面に映る敵プレイヤーに銃弾を叩き込む。

「わ。すごいすごい！　もうほとんど敵が残っていません。あと一人倒したら私たちの勝ちです！」

千佳がはしゃいだ歓声を上げると同時に、そのラスト一人がスマホ画面に表示された。

「これで終わりだ」

そう宣言し、敵に照準を合わせ、トリガーボタンを力強くタップする。

それでゲーム終了、のはずだった。

「あ、あれ？」

スマホを何度タップしても、弾丸が発射されない。

焦って手当たり次第に色んなボタンを押してみるが、銃口は沈黙を保ったままだ。

「弾切れじゃないです？」

指摘されて残弾数を示す右下の数字を確認すると、0が点滅していた。

「クッソ……！」

眼前で悠長にリロードする間抜けを敵が待ってくれるはずがない。颯真が操るキャラは、銃弾を雨あられと撃ち込まれて死亡してしまった。

「わ、悪い。ミスした」

　謝罪して次戦へ移行しようとする。

　しかし千佳はこちらをジトーッと見つめたまま、準備完了のボタンをタップしようとしない。

「ち、千佳？」

「ずいぶんと初歩的なミスをしましたね？」

　疑惑（ぎわく）の眼差（まなざ）しを向けられてドキリとする。

「た、たまたまだって。俺はガチゲーマーじゃないんだから、こういうこともあるって」

「そうですか？　ケアレスミスとは思えなかったんですが」

「このゲーム、初めてだし」

「ＦＰＳはたくさんやってるって豪語（ごうご）してたじゃないですか」

「別に豪語はしていない」

　言い訳しつつ、スマホの画面に集中しようとする。

「んんん～？」

　千佳の方は、ゲームよりも挙動不審（きょどうふしん）な颯真に関心が移ってしまい、ジロジロと色んな角度から見てくる。

室内はエアコンが利いていて快適だ。なのに、嫌な汗が背中をツツと伝う。

「颯真さん、顔が赤くありませんか？」

「気のせいだ」

千佳の方を見ないようにしつつ、強く言う。

「耳が赤いです」

「お前の勘違いだ」

千佳が手首を掴んできて、

「脈が速いです」

「頻脈の気があるんだ」

颯真のシャツをベロンとめくり、

「背中に冷や汗かいてるじゃないですか」

「しれっとセクハラすんな！」

スマホを放り出し、シャツの裾を押さえるが、もはや無駄な行動だった。

「颯真さん、私がこんなに近くにいるから緊張しているんでしょう？」

原因を的確に見抜いた千佳が、嬉しそうに小悪魔的に笑む。

「あ、あのなぁ！　前から言おうと思ってたんだが、お前のパーソナルエリア、時々ぶっ壊れてるぞ」

自分ではなくお前が悪いんだとみっともなく言い訳しようとする。

が、そうする前に千佳がぺこりと頭を下げてきた。

「おっしゃる通りです。ゴメンなさい。私、未希ちゃんにいつもくっつかれているから、その感覚で颯真さんに近づきすぎました。こういうのってよくないですよね。以後、注意します」

「お、おう……？」

予想外に殊勝な態度を示されて虚を衝かれてしまう。

なんだ、こいつも常識あるじゃないか。

——そう思えたのは、束の間のことだった。

「ですが、それはそれとして、今の颯真さん可愛いですね」

「は？」

「えい」

並べたドミノを倒す子どものような無邪気さで、千佳がぐいと押してきた。まるっきり無警戒だった颯真は抵抗なんて一切できず、あっけなくパタンと倒されてしまう。

天井が見えたのは一瞬のことで、覆いかぶさってきた千佳の顔がすぐに視界を占拠する。

「私って、こういうことをするタイプじゃないんです。こんな大胆なこと、生まれて初めてしちゃいました」

「そうだな。むしろされる側だもんな」

応じながら、冷めた目で彼女の顔をしげしげと眺める。あまりにとんでもないことをされているせいか、逆に頭は冷静になっていて、しっかりと観察できた。

颯真をからかって浮かれているようにも見える。だがその一方で、自分が引き起こしたこの状況に戸惑っているようにも見える。

「不思議なんですよね。時々、颯真さんをからかいたくてたまらなくなるんです。どうしてでしょう？」

「知るか。ペットだって飼い主にかまわれまくってると無自覚にストレスを溜めまくってるとかじゃないか？　斉藤たちにかまわれまくってて飼い主にかまわれ過ぎるとストレス溜めるっていうぞ」

適当に思いついた仮説だが、もし的中しているとしたら、自分はストレス発散の道具に使われていることになる。是非ともやめてほしい。千佳の挑戦を見守る役目は請け合ったが、ストレス発散の相手は約束の範囲外だと思う。

颯真のいい加減な説に、千佳はうーんと首をひねった。

「私、今、ワクワクして、ドキドキして、フワフワして、自分でもびっくりするくらい浮かれています。そして、胸の中心がぎゅーって締め付けられるみたいな感覚があって、でも、嫌な感じはしなくって。これって、ストレス発散でしょうか？」

「俺に聞かれても困る」

　ワクワクして、ドキドキして、フワフワして、か。

　今まで颯真はそんな気持ちをまとめて抱えたことなんてない。強いて言えば、焼き上がったケーキが会心の出来だった時だろうか。だが、胸を締め付けられる感覚なんて経験したことはない。

「颯真さんって、何なんでしょう」

　こちらの顔を見つめながら、千佳がぽつんと呟いた。

「俺自身にそんな漠然としていて哲学的な質問をぶつけるのやめてくれるか？」

　そんなの、わかるわけがない。

「不思議なんです。私にとって、あなたは――」

　自分の中で言葉がまとまっていないのだろう。そこで口を噤んでしまった。代わりに、颯真の腕やら胸やらお腹やらをゆっくりと触る。

「どうでもいいが、どいてくれないか？　動けないんだが」

「颯真さんは、こういうことをされるのは嫌ですか？」

千佳が体のあちこちに触れながら問い返してきた。

「…………」

その問いに、颯真は無言を返すしかなかった。

そう、そこが厄介で、困ってしまうところだ。

颯真は断じてMではなく、Sな人間だ。女の子にいじめられたりからかわれたりして喜ぶような性癖は一切ない。戯れに押し倒すとか言語道断である。即刻やめてほしい。

だがその一方で、いつもと真逆の雰囲気を纏う千佳は嫌いではないのだ。

普段の千佳は無邪気で純粋で子供っぽく、可愛らしい。未希が構いたくなるのも納得な小動物感で、颯真も時々フワフワした彼女の頭を撫でたくなってしまう。

ところが、一度スイッチが入った千佳はそんな子供じみた雰囲気は彼方へ消し飛んでしまい、艶やかで妖しく、大人な雰囲気となる。『可愛い』ではなく、『綺麗』としか形容できない美しさを発露する。

いつもは子供が宝物にしているビー玉みたいにピカピカ輝いている瞳が、魔力を秘めた宝石みたいな蠱惑的な輝きを湛える。

妖しくも美しいその雰囲気に飲み込まれ、颯真の心臓はドクンドクンと強く脈打ってしまう。永遠に見つめていたいと思ってしまう魅力がある。

いつもはへらへらとした幼い笑みを形作っている唇も、グロスもルージュも付けていないのに艶やかな光を放っている。

触れてみたいという欲求が湧いてしまう。

だから、こちらをからかう千佳を見たくないと言えば、ウソになってしまう。

先程の千佳の質問に答えるとするなら、イエスでもあり、ノーでもある。

からかわれたり、もてあそばれたりはされたくない。だけどいつまでも見ていたい。この彼女を誰にも知られることなく、自分一人で独占したい。他の奴にこの千佳を見られるのは、嫌だ。

我ながら無茶苦茶だ。矛盾しまくりである。だが、これが颯真の偽らぬ本心だった。嫌とか、嫌じゃないとか、答えられない。

「……千佳のやりたいことが尽きるまで付き合ってやるよ。俺も納得できるまで試食してもらうし」

「そうですね。私たち、協力し合う仲間ですものね」

わずかに微笑み、手を差し出してくる。

「これからも、よろしくお願いします」

「……おう」

握手(あくしゅ)し、そのまま引っ張ってくれたので、上半身を起き上がらせる。

「颯真さん、次は何をしましょうか。せっかく颯真さんに来ていただいたのに、もうすることが思いつかないです。動画でも見ます？」

体の上からどいてくれた千佳の言葉に、そうだなとちょっと考え、

「だったら、友達の家での鉄板ネタをやるか」

「そんなのあるんですか。是非教えてほしいです」

「そんな大袈裟(おおげさ)なことでもないんだけどな。ええと……お、あったあった」

本棚を探すと、すぐに立派なブックケースに収められた深緑色のアルバムが見つかった。

「卒業アルバムです？」

「友達の家に行ったら、卒アル見るのは鉄板だろ」

「そういうものですか」

今まで友達の家で卒業アルバムを見たことがないらしい。まあ、けったいなもてなしばかり受けていたら、そんな機会ないのも当然かもしれない。

「昔のそいつを探したり、思い出話をしたり、そういうのに使うんだよ」

「そういうものなんですね。あ、でしたら、颯真さんも私を探してください。そうですね……。このページ、中学一年の時の遠足です。私は一体どこにいるでしょーか？」

「これだろ」

千佳はいたずらめいた笑顔を見せて問題を出してきたが、シンキングタイムゼロでレジャーシートの上で弁当を食べている笑顔の少女を指さした。

あまりに早かったので、千佳が笑顔のままビックリする。

「なんでそんなに簡単に見つけられるんですか⁉　もしかして、颯真さんって私を見つけるプロです？」

「そういう愉快な職業は斉藤に譲る。そうじゃなくて、お前全然変化してないんだよ。だからすぐわかった」

「え」

今度は、笑顔のまま固まってしまった。

「これ本当に三年前か？　普通はもうちょっと変わってるもんだけどな」

アルバムの中の千佳をしげしげと眺める。

十代前半は成長期のピークである。普通は成長に伴い、顔つきが子供から大人へ変化していく。変化が少ないとしても、ゼロということはない。少なくとも、今まで見てきた友達の卒業アルバムでは、いじれる変化があった。千佳のアルバムでも、そういうものを見つけてやろうと思ったのだが、つまらないくらい変化がない。

当てが外れたと落胆の嘆息をつくと、千佳が猛然と抗議してきた。

「ちょっと待ってください！　去年ならともかく、中一ですよ⁉　私だって大人に向かって成長しています！　身長も伸びましたし、おっぱいだってずいぶん大きくなりました！」

「そんなこと言われても、顔つきっていうかオーラ？　そういうのが全然変化してないんだよ。あと、今とんでもないことを口走ってるぞお前」

体は多少成長しているかもしれない。しかし、笑顔の幼さは全く一緒だ。今の千佳の顔をこの写真に合成しても、おそらく違和感はないだろう。

今まで友達の家に行っては卒業アルバムを見てきたが、こんなにいじりがいのない卒業アルバムも珍しい。

「こうなると、小学校のも気になってくるな」

「させません！」

本棚のもう一冊の卒業アルバムに手を伸ばそうとすると、うっすら涙目になった千佳が腕にしがみついて妨害してきた。

「これで小学校の時とも変わらないとか言われたら、ショックで立ち直れなくなります！」

「別にいいじゃないか。大人は昔と変わらないって言われたら喜ぶぞ」

「私、大人になりたい女子高生です！　だいたい、私だけ見られるなんて不公平じゃないですか！　颯真さんの卒業アルバムも見せてください！」

「プライバシーがあるからそれはちょっと」

「今私の見てますよね⁉」

　想定とは真逆の方向に行ってしまったが、たっぷり千佳をいじることはできた。これはこれで満足だったりする。

「年齢より若く見えるっていいことだぞ。喜べよ」

「全然嬉しくありません！」

　たまにはやりかえしたって、いいじゃないか。


　千佳の部屋でスマホゲームをしたり、お菓子を食べたり、押し倒されたり、卒業アルバムを見たりしているうちに、あっという間に時間は過ぎていった。

「もう六時になるな」

　棚の上に置かれているキャラ物の時計を見て呟く。いつも不思議に思うのだが、どうして友達の家で過ごす時間は短く感じてしまうのだろうか。

「そろそろお暇するわ。今日は長時間お邪魔しちゃったな。あと、おじさんたちに挨拶させておきたい。

千佳の両親に会うのは若干おっかないが、こういうことは礼儀だからきちんとしておきたい。

「あのあの、ちょっと待ってください」

颯真が立ち上がると、千佳がバタバタと慌てた様子でドアの前に立ちふさがった。

「よかったら、晩ご飯も食べていきませんか？」

「夕飯？　いや、でも、それは……」

颯真が難色を示すと、彼女は自信なさげに顔を曇らせる。

「ひょっとして、お客さんに夕飯も食べていってくださいって言うのは、非常識ですか？」

「そんなことないけど」

よくあることと言えば、よくあることだ。翔平の家で夕飯をいただいたことは何度もある。しかし、初めて訪れた女子の家でそこまでしてもらうのは、さすがに気が引けた。

「私、はりきってごはんの下ごしらえをしたんです」

「千佳って料理できたのか」

家事の手伝いも満足にしたことがないと言っていたような気がするのだが。

「家庭科でしかしたことがありません。でもでも、今日はなんとか一人で頑張りました」

頑張ったアピールのつもりか、右腕をくの字に曲げて力こぶを作ろうとする――彼女の細腕で力こぶなんて到底無理だが。

「そっか。もう下ごしらえまで終わっているのか」

そこまでしているのに断ったら、逆に失礼だろう。用意された食材ももったいない。

「わかった。じゃあ、ごちそうになる」

颯真が了承すると、千佳の顔がパアッと明るい笑顔になった。

「では、少々お待ちください。すぐに完成させてきますから」

「ちょっと待った。まさか下でお前の親と一緒に食べるってわけじゃないだろうな？」

どす黒い殺意を宿した父親の顔が脳裏によぎったので、念のため聞いておく。

「ここに運んで来ようと思っていましたけど、そちらの方がいいですか？　ご飯って大勢で食べた方が楽しいですよね」

「いやいやイヤ！　ここでいい、ここで！」

無邪気に言ってくる千佳に対して、全力で首を横に振る。

菓子作りについて色々聞けるなら大歓迎だが、先程の様子を鑑みるに、それは無理筋だ。不機嫌な女友達の親と食卓を囲むなんて、生きた心地がしないに違いない。

「わかりました。こちらに持ってきますね。少々お待ちください」

そう言って、千佳は楽しげに部屋を出ていった。

「……まさか、あいつの料理を食べることになるなんてな」

パタパタと階段を下りていく少女の足音を聞きながら、思わずしみじみと呟いてしまう。

先月の自分では想像もできなかったことだ。

夕飯が運ばれてくる間、所在なげに待つ。

「女の子の部屋、か」

よくよく考えるまでもなく、とんでもない所に自分はいる。

千佳も目的のためとはいえ、よくも男を自室にホイホイ入れたものだ。度胸があるのか、深く考えていないのか。

することもないので、ぼんやり室内を見回す。

やはり一番目立つのは、ぬいぐるみがズラリと並べられた棚だろう。大きいのから小さいの、新しいのから古いのまで、多種多様なぬいぐるみが賑やかに愛らしい顔を見せている。先日グッズショップで購入した、中サイズの猫のぬいぐるみと、颯真とお揃いのミニサイズのぬいぐるみも、肩を並べて隅の方にちょこんと座っている。

「……ん？」

新参者の小さな猫のぬいぐるみが寄りかかるようにしているぬいぐるみに、目が留まった。

それは、数あるぬいぐるみの中でも最古参と思われる、年季の入ったウサギのぬいぐるみだった。元は真っ白だったであろう毛並みはすっかり黒ずみ、ボサボサに毛羽立ってしまっている。ピンと立っていたはずの両耳も力なくクタッとなっている。

「なんか、どっかで見たような……」

ぬいぐるみはオレンジ色のフワフワのドレスを着ているのだが、ぬいぐるみ本体以上に見覚えがあるような気がした。

縫製がやや甘く、サイズも微妙に合っていない。タグも見当たらないので、おそらく手作りだろう。ということは、一品ものの可能性が高く、そんなものに見覚えがあるのはおかしい。だが、見たことがあると断言できるほど強い既視感を覚えてしまう。

いつ、どこで……？

脳みそのどこかにその記憶があるはずだ。だけど、どこにあるのか全然わからない。

頭の中に不快なモヤモヤが立ち込め、こめかみのあたりをカリカリと掻いていた時だった。

「キャアアアアアアッ⁉」

階下から、甲高い悲鳴が聞こえてきた。

「千佳ッ!?」

次の瞬間、颯真は弾き飛ばされるように部屋を飛び出していた。

毎日キッチンに立つ颯真には、キッチンで上がる悲鳴の理由が容易く想像できてしまう。

黒い虫が出現したくらいなら笑い話で片づけられるが、怪我や火事だったら大変どころの話ではない。

千佳を助けなくちゃいけない、という使命感が、体を勝手に動かしていた。

階段を半ば飛び降りるように駆け下り、短い廊下を走り抜けると、年季は入っているが明るい色合いのダイニングキッチンに辿り着いた。キッチンのラックや棚にはピカピカに磨かれた器具の数々が整然と並んでいる。いつもの颯真なら確実に目を輝かせるところだが、今はまるで眼中にない。

「千佳、大丈夫か⁉」

「颯真さぁん」

千佳は床にへたり込んでいて、泣きそうな顔でこちらを見上げてきた。

「失敗しちゃいましたぁ」

「失敗？　って、あ、それか」

彼女が抱えているステンレス製の平鍋から、黒っぽい何かがブスブスと焦げ臭い煙を放っている。

「ちょっと目を離したら、こんなことになっちゃって……」

と、しょんぼり俯く。

怪我や火事ではなかったので安堵する。が、これはこれで深刻なことだと気づく。これは、大きな失敗だ。

「千佳──」

颯真が言葉を探しながら彼女に声をかけようとした時、

「千佳、どうかしたか⁉」

「千佳ちゃん大丈夫⁉」

悲鳴を聞きつけた千佳の両親が遅れて駆けつけてきた。

「お父さん、お母さん……。私、失敗しちゃいました……」

娘が力なく言うと、二人はすぐに状況を察したようだった。

「そんなこと、気にするんじゃない。それより、怪我はしてないか？」

「火傷していない？」

「ごめんなさい……」

鍋を抱えたまま娘が力なく謝ると、二親は優しく肩に手を置き、背中をさすり、頭を撫でて慰める。

「謝ることなんてないだろう。千佳は頑張ったんだから」

「そうよ。千佳ちゃんは全然気にすることはないのよ。お鍋、お母さんに渡してちょうだい。片付けちゃうから」

慈愛に満ちた二人の表情を見ていると、娘のことを心から愛し、大事にしているのがよくわかる。彼らにとって娘は宝なのだ。

「ああ、そうだ。母さん、デリバリーで何かを注文してあげよう」

「そうね、それがいいわね。千佳ちゃん、何か食べたいものはある？　何でも好きなもの言って」

二人はてきぱきと娘の尻ぬぐいをしようとする。父親はフードデリバリーのためにタブレットを取りに行き、母親は焦げた鍋を片付けようとし始めた。

娘を優しく慰め、失敗を的確にフォローしようとしている。素晴らしい親だ。息子が何かやらかしても、「ちゃんと片付けなさいよ」の一言で済ませる颯真の親には、是非とも見習ってほしい。

だが、しかし。

この場合、これが正解なのだろうか？

鍋の中身をジッと見つめている千佳を見ていると、そんな疑問が浮かんでくる。

千佳の目はまだ死んでいない。まだ諦めていない。瞳の奥にはかすかだが、まだ炎が宿っている。

「さあ千佳ちゃん、お母さんにお鍋を渡して？」

母親が優しく言い聞かせながら、娘の手から焦げた鍋を取り上げようとする。

――そう、取り上げようと、しているように、見えた。

千佳の大切なものが、可能性が、奪われてしまう。

「待った――待ってください」

颯真は、自分でも知らないうちにそんな言葉を発していた。

里見家三人の視線が颯真に集中する。

「なんだ君は。赤の他人のくせに、うちのことに口を挟むつもりか」

千佳の父親に睨まれ、一瞬怯む。娘に向ける優しい眼差しが一転、人を射殺しそうなほど鋭い視線になっている。

ホントにこの人、パティシエか？

パティシエになる前は物騒な職業だったのではと、本気で疑いたくなってしまう。

気圧されて、すみませんと頭を下げてスゴスゴと逃げ出したくなる。

だが、それでは千佳のためにならない。自分は、千佳がやりたいことをやれるように協力する約束をしているのだ。

そして何より、目標のために頑張る奴を見捨てたくない。

腹にグッと力を込めて、その場に踏み止まる。

「はい、口を挟みます。こいつの邪魔をしないでください」

「邪魔だと？　私たちは娘を想って――」

「こいつはまだ諦めていないです。まだまだやれます。そうだろ？　千佳」

千佳に目を向ける。

「颯真さん……」

「これぐらいでへこたれるような軟弱な奴じゃないよな、お前は」

颯真と目が合うと、彼女の瞳の炎が少しずつ強く、大きくなっていく。

「……ええ、はい！　颯真さんの言う通りです！　私、まだまだ諦めていません。失敗は成功のためにしなくちゃ、ですよね」

焦げ臭い煙を放ち続ける鍋の取っ手を握り締めながら、力強く言った。

「千佳……！」

こんな風にはっきりと自分の意思を露わにして親の助力を拒絶するのは、初めてなのだろう。両親が信じられない面持ちで娘を見つめる。

「ええと、でも、無理にそんなことしなくても……ねぇ？」

母親がオロオロしながら、娘を宥め、言い聞かせようとする。

「失敗したっていいじゃない。そんなに気にすることないのよ？　できないならできないでいいじゃない」

しかし娘は力強く首を横に振り、母親の考えを否定した。

「できないままの自分でいるのが嫌なんです。お母さんたちに甘えるだけの自分は嫌なんです。私だって、頑張れば色んなことができるはずなんです。私は今失敗しました。残念で悔しいです。とっても反省しています。どうしてこんなミスをしてしまったんだろうって後悔しています。でもそれ以上に、この失敗を挽回したいって強く思っています」

「千佳ちゃん……」

どうしましょう、と母親が自分の夫の方を見る。

「千佳、本気なんだな？　その決意は、この男にそそのかされたからではないのだな？」

「颯真さんにそそのかされたわけでもありません。これが私の本心です」

「……そうか」

娘がはっきりと頷くと、父親は大切にしていたものを諦めるように大きく息を吐いた。

そして、鍋に手をかけていた妻の手をそっと握った。

「わかった。千佳がそこまで言うのなら、私たちは一切手を出さない」

「でも、あなた、それじゃ千佳が……」

「娘がやりたいことを邪魔する親にはならないようにしようって、この子が生まれる前に約束しただろう？」

「……そうね。そうだったわね」

夫の言葉を聞いて、母親はかすかに微笑んだ。そして、夫の手と共に静かに鍋から手を放した。

「お父さん、お母さん……！　ありがとうございます！」

千佳は嬉しそうに頭を下げ、解決方法を模索し始めた。スマホで検索したり、何か使えるものはないかとキッチンのあちこちを探したり。

そんな彼女を、手を出さないと約束した両親はハラハラと見守り、颯真は気楽に眺める。

颯真の態度が癇に障ったのか、父親がジロリと睨んできた。

「娘を焚きつけておいて、随分な表情をするんだな。失敗に失敗を上塗りする結果に終わったら、娘がますます傷つくとは思わんのか？」

口では理解あるようなことを言ったが、本心ではやはり心配で仕方がないようだ。

颯真はわずかに肩をすくめ、

「あいつなら、大丈夫ですよ。絶対にどうにかします。それに、もしも失敗に失敗を重ねても、それでも大丈夫です」

「なんだと？　失敗して何が大丈夫だというんだ」

父親の表情がますます剣呑(けんのん)なものになる。

「逆に聞きますけど、あいつはこんなことで心折れてしまうほど弱い奴だと思っているんですか？　付き合い短いですけど、俺には全然そんな奴とは思えません」

「………」

颯真の言葉に父親は黙(だま)り込んでしまった。代わりに、颯真の横顔を凝視(ぎょうし)してくる。

完全に嫌われたな、これは。

おっかなくて父親の方を見られない颯真は、心の中で大きく落胆のため息をついた。

千佳の両親とは親しくしたかったので残念極(きわ)まりない。あわよくば気に入られて、「知り合いの店で見習いとして働いてみないか」なんて言われるところまで妄想(もうそう)していただけに、ガッカリ度は大きい。

だけどまあ、仕方ない、か。

千佳の味方をするのが自分の役割だ。ここで助け船を出さなかったら、何のための見守り役なんだとなってしまう。だから、これでいいはずだ。

「——ありました！」

颯真がそんなことを考えていると、ゴソゴソと何かを探していた千佳が宝物を発見したような声を上げた。

高々と掲げられた彼女の手には、カレーのルーが握り締められていた。

「颯真さん颯真さん、カレーの味はどうですか？」

三十分後、颯真は千佳が作ったカレーライスを食べていた。

「焦げ臭いし苦い。あと、黒い焦げが混ざって見た目も食感もよくない」

スプーンを動かしながら正直に感想を言うと、隣で固唾を呑んで見守っていた千佳がしょんぼりとうなだれてしまった。

「ううう、仕方がないじゃないですかぁ。今の私にはこれが精一杯なんですよぅ」

失敗した料理にルーを投入して、カレーに変身させるのはうまいリカバリー方法だが、それでも完璧なカレーライスには程遠い。あくまで誤魔化しレベルの代物だ。

「ちなみに、元々は何を作ろうとしたんだ？」

「アクアパッツァです。見映えがいいわりに簡単ってネットに書いてあったので」

「でも失敗したんだよな」

「ううう……。できると思ったんですよぅ」

へこんだようなことを言っているが、言葉ほど落ち込んでいるようには見えなかった。

失敗を自分の力だけで挽回できたことが、自信回復に貢献しているのだろう。

「まあ、次だな。また作る時も試食はしてやるから」

「はい！　是非ともお願いします！」

千佳は嬉しそうに頷き、無邪気にカレーを食べ始めた。

「あなたたち、とっても仲がいいのねぇ」

「…………」

颯真と千佳の向かいには、面白いものを見るように二人を交互に見比べている千佳の母親と、不機嫌な表情でこちらを睨んでいる父親の姿があった。

「私たち仲良しです。ね、颯真さん！」

「あ、ああ、まあな」

千佳の問いかけに対し、曖昧な笑みを浮かべて、曖昧な相槌を打つしかできない。

どうして俺は、千佳の親と一緒にカレーを食べているんだろう？

千佳の部屋で食事を取るはずだったのに、料理失敗のゴタゴタのせいで、いつの間にか四人でダイニングテーブルを囲むことになっていた。

本来ならば、颯真が待ち望んでいたシチュエーションである。憧れの職業の二人に色んなことを質問する絶好のチャンスのはずだ。

だが、今はとてもではないが、そんなことをする気分にはなれない。

今の颯真と千佳の両親は、パティシエ志望の高校生とプロのパティシエ・パティシエールである以前に、娘が突然招いた男友達とクラスメイトの女子の両親だ。

初対面の女友達の親と一緒に飯って、どう考えてもハードル高すぎだろ！

あまりに異常なシチュエーションである。ひょっとしたら、カレーが苦いのは、失敗したからだけではないのかもしれない。

「ええと、颯真君は、未希ちゃんとも仲がいいのかしら？」

複雑な味のカレーライスを水で流し込んでいると、母親がそんなことを聞いてきた。

「斉藤ですか？　いや別に。タダのクラスメイトですけど」

どうしていきなり未希の名前が出てくるのだろう？　と心の中で首を傾げつつ、正直に答える。

「一緒に遊びに行ったりはしないの？」

「そんなことあり得ないです。教室でたまに話すくらいなんで」

「本当に？」

「は、はい」

朗らかな笑顔を絶やさないが、ジッと見つめられると、なぜか背筋が寒くなる。

……旦那も怖いけど、この人も結構怖いんだよな。

彼女の瞳には、こちらの奥の奥まで見通すようなおっかなさがある。

年が離れているせいで気づきにくいが、よくよく見ると、娘と母親はかなり似ている。

つまり、経験と年を重ねれば千佳もこういう風になるということだ。——まあ、既にその片鱗は時折覗かせているのだが。

「作った菓子の試食をしてもらう時に話す程度です」

「君は、菓子作りをするのか」

それまでずっと無言で娘のカレーライスを食べるだけだった父親が、颯真の方へ目を向けた。

「はい、そっち方面に進みたくて自分なりに勉強しています」

「ほう」

「颯真さんのお菓子、なかなかおいしいですよ」

感嘆の声を漏らす父親に、娘が補足説明する。

「そりゃあ、お父さんたちのお菓子と比べたら全然ですけど、私も未希ちゃんたちもおいしいおいしいって食べてます。ね？」

「独学でやってるから、全然未熟なのは自覚していますけど」

「ふぅむ……」

父親が颯真を凝視する。そして、思いがけないことを言ってくれた。

「その気があるのなら、今度作った菓子を持ってきなさい。私と妻が批評してあげよう。これでもパティシエ歴は長い。何かしらのアドバイスをあげられると思う」

「い、いいんですか？」

願ってもない提案だ。プロから評価をもらえるなんて、こんなにありがたいことはない。

父親はカレーライスを食べるのを再開しつつ、

「少し興味が湧いただけだ。勘違いしないように。それから、感想に手心は一切加えない。酷評されて、君の心が折れてしまっても、責任は取らないからそのつもりで」

「はい！　ありがとうございます！」

これは思いがけない大チャンスだ。気持ちが奮い立つ。

「よかったですね、颯真さん」

隣の千佳も我が事のように喜んでくれる。

「あ、でも、私にも試食させてくださいよ。お役御免なんて嫌ですからね」

「当たり前だ。お前の試食はものすごく当てにしている」

千佳の試食は非常にありがたい。やめてもらうなんて、露ほども考えていない。

颯真がそのことを伝えると、千佳は嬉しそうにえへへと笑った。そして、いいことを思いついたとパチンと手を叩いた。

「そうだ。近いうちにみんなでお茶会を開きませんか？　颯真さんがお茶菓子を準備して、私はお茶やテーブルの用意をします。私としても、今日のおもてなしの発展形に挑戦できますから、すごくありがたいです」

「いや、それは……」

一見、颯真と千佳のそれぞれの目的をまとめてかなえられる一石二鳥な提案だ。だが、それはつまり、再び千佳の両親とテーブルを囲むということだ。

それって、すごくおかしくないか？

里見家の輪の中に自分が入り込むのは、どう考えても奇妙である。

だが、母親は娘に同調して嬉しそうに微笑んだ。

「あら、それは素敵ね。お父さんも楽しみでしょう？　千佳と颯真君が仲良く協力して、私たちのためにお茶会を開いてくれるんですって」

「う……むむ……！」

色んな感情がせめぎ合っているらしい父親は、なんとも形容しがたいうめき声をあげるだけだった。

§§§§§§§§§§§§§§

颯真が帰った後、鍋底の焦げを落とすべく、千佳は流し台の前で格闘戦を繰り広げていた。亀の子タワシで、ゴシゴシゴシゴシ力いっぱい鍋をこすっている。

母親も父親も心配そうに傍らで見守っているが、手も口も出そうとはしない。颯真が言ったことが功を奏しているようだ。

「颯真さん、ですか」

両親に聞かれないように、口の中で小さく名前を言ってみる。

前々から憧れ、尊敬していたが、一緒にいる時間が増えて、彼の違う面をたくさん知ることができてすごく嬉しい。頼もしかったり、面白かったり、可愛かったり。

とにかく彼といると楽しくて新鮮だ。ずっと一緒にいたいと思ってしまう。

未希たちと一緒にいるのももちろん楽しいけれど、その楽しいとは質が違う気がする。

この気持ちは、なんだろう？


「楽しそうね、千佳」

娘の泡まみれの手元を見つめている母親が、そんなことを言ってきた。

千佳は、はいと素直に頷きながら、

「すごく楽しいです。颯真さんと次にどんなことをしようかなって考えるだけで、ワクワクドキドキしてきます」

「そうなの。よかったわねぇ」

鍋底の真っ黒い焦げは頑固でしつこく、なかなか落ちてくれない。重労働でうんざりしてしまう。だけど、颯真と何をしようかと考えると、そのうんざりがほんのちょっと軽くなる気がした。

ウキウキの娘を見ながら、母親は目を細めた。そして、夫の方へ顔を向ける。

「年を取ってからの子供だから、孫をこの腕に抱くのは難しいかもって思っていたけれど、ひょっとしたら抱けるかもしれないわね」

「ま、孫……!?　母さん、いくらなんでも気が早すぎないか。千佳はまだ高校生なんだぞ」

「あら、夢を見るくらいいいじゃないですか。あなたは孫の顔を見たくないんです？」

「それはもちろん見たい。すごく見たい。だが、そのためには、千佳が嫁に行かなくてはならないということで、それは、ううむ……！」

「娘がお嫁に行くのはいいことじゃないですか。それとも、千佳のウエディングドレス姿を見たくないって言うんです？」

「そういうわけじゃない。そういうわけじゃないんだが」

「はっきりしないわねぇ。私のお父さんもそうだったわ。本当はあなたのことを認めているのに、つまんない意地張ってなかなか結婚を許してくれなくて」

「そう言えばそうだったな。あの時は苦労したし、お義父さんを恨みもした。だが、今になってお義父さんの気持ちがよくわかるよ。父親は、複雑な生き物なんだ」

「面倒くさい生き物なのよ」

「母さん、バッサリ言わないでくれ。さすがに傷つく」

両親がワイワイと何やら言い合っているが、颯真と何をしようかと考えている千佳の耳には、全然入ってこなかった。

第四章　可能性無限大のアイスクリーム

小学生にとって最もつまらないことは、親の用事に付き合わされて、せっかくの日曜日が潰れてしまうことだ。

今日は本当なら友達とカードゲーム大会を開くつもりだったのに、父親に強制的にキャンセルさせられ、会社の後輩の結婚式に連れて来られてしまった。

「なんでぼくまで来なくちゃいけないんだよ」

花とリボンで彩られ、化粧と香水のにおいと大人たちの談笑で溢れ返っているホテルの披露宴会場を退屈な目つきで眺めていると、そんなボヤキが自然と口から出てしまう。

「颯真、そんな顔をするんじゃない。お前だって、あいつには遊んでもらったことはあるだろう？　だったら、お祝いをしてあげなくちゃぁ」

ブスリとした顔をしていると、父親に窘められた。

「そうだけどさぁ」

確かに今日の新郎は、父親に招かれて何度か家にやってきたことがある。遊び相手をしてくれたこともある。しかし、酔った勢いで対戦ゲームを吹っ掛けてきた挙句フルボッコにしてくるのだから、楽しい思い出は全くない。

息子が唇を尖らせたままでいると、母親も宥めにかかってきた。

「まあまあ、いいじゃないの。ほんの数時間のことよ。そうちゃんは立派な服を着て、大人しく席に座っていればいいだけなんだし。お父さんなんか、直属の上司だからって大勢の前で祝辞を言わなくちゃいけないのよ？」

母親が言う立派な服とは、この日のためにレンタルしてきた子供用フォーマルスーツのことなのだが、とにかく体のあちこちがきつい。動きにくくて息が詰まってしまう。

そして何より最悪なのは、喉元を締め付けてくる蝶ネクタイだ。大きくて邪魔でみっともない。ガキっぽくて嫌になる。

もう小学二年生だというのに、まさかこんなものをつけさせられるとは思ってもみなかった。どうせなら父親みたいに普通のネクタイを締めてみたかった。

知り合いと談笑する両親の傍らでしばらく蝶ネクタイをいじっていたが、どうやってもしっくりこない。外したいが、そうしたら親に叱られるだろうし、式が終わるまで我慢し続けるしかなさそうだ。

わざとらしいため息をついて、せめてもの反抗の意思を示す。

「そうちゃん、お祝いの席でそういうことをするのはやめなさい」

親を困り顔にさせた後、他にすることが思いつかず周囲を見回す。

今日結婚式が行われる式場は、この辺では一番大きなホテルの一番広い大広間だそうで、招かれたお客もとにかく多い。着飾った大人たちが披露宴が始まるまでの間、思い思いに歓談している。

大人、大人、大人、大人。

若いお兄さんからヨボヨボのおばあさんまであらゆる種類の大人がひしめいている。大人の見本市みたいだ。

どうしたことか、今日の参列者は大人ばかりで、子供が全然いない。

颯真は今までにも何度か結婚式に参加したことはあるが、いつだって子供が数人はいたものだ。しかし、今日は全然見かけない。ひょっとしたら、子供の出席者は自分一人かもしれない。

別に子供同士で固まって遊びたいわけではない。しかし、このつまらなさを共有できる仲間が一人もいないというのは少々寂しかった。

とにかく、つまらない。

そのうち、死んだ魚のような目をしている息子が可哀想と思ったのか、母親が手招きしてテーブルの一つを指さした。

「そうちゃん、お父さんとお母さんはまだお話しているけど、先に席に座って待ってる？ウエイターさんにお願いしたら、ジュースがもらえると思うわ」

席に座ったところですることはないし、退屈なのは変わらない。だが、ジュースは魅力的だ。

「わかった。そうしてる」

母親の勧めに従い、大人しくテーブルに向かう。

と、向かったテーブルで、いないと諦めていた仲間がいることに気づいた。

「ねえねえお父さん、お腹すいちゃった。そこにあるパン食べていい？」

「いい子だから、もうちょっと我慢しなさい。ジュースは飲んでもいいから」

「はぁい」

オレンジ色のふわふわした綺麗なドレスに身を包んだ小柄な女の子が、颯真の席の隣に座っていた。彼女の膝の上には真っ白いウサギのぬいぐるみがちょこんと乗っている。ぬいぐるみをこんなところにまで持ってくるなんて子供っぽいことを小学生がするとは思えないから、颯真より年下、きっと幼稚園児だろう。

「こんにちは！」

こちらの視線に気づいたのか、グラスを両手で持ってジュースを飲んでいた女の子がにっこり笑って挨拶をしてきた。すごく可愛らしいが、笑うとさらに可愛く見える。

不覚にも、ドキッとしてしまった。

「こ、こんにちは」

どもりながら挨拶を返し、子供用の椅子に腰を下ろす。

「すみません、ジュースをください」

それから、母親に言われた通りに、テーブルの間を忙しなく動いているウエイターに声をかけた。

「アップル、オレンジ、グレープ、グレープフルーツがございますが、どれがよろしいでしょうか」

「ええと……」

全部、と言いたいところだが、食事前にそんなに飲んで頻繁にトイレに行くようになったら怒られてしまう。

「リンゴジュースがおいしいよ」

颯真が迷っていると、隣の女の子が自分のグラスを見せながら言ってきた。

「……じゃあ、アップルで」

に置いてくれた。


「かしこまりました」

ウエイターは素早くアップルジュースとストローを運んできて、丁寧にコースターの上に置いてくれた。

さっそく飲んでみる。

「ね？　おいしいでしょ？」

「うん、おいしい」

女の子の意見に、素直に頷く。いつも飲んでいるジュースより味も香りも数倍濃い。ストローから吸い上げるたびに凝縮されたリンゴを感じる。

「ねえねえ、新郎新婦どっちのお客？」

退屈なのか、ぬいぐるみを抱きしめたまま女の子が話しかけてきた。

「ぼくは男の方。お父さんの会社の知り合い」

颯真もジュースを飲むしかすることがないので応じる。

「わたしは新婦。従姉なんだ」

「ずいぶん年上の従姉がいるんだな。小遣いとかくれそうでうらやましい」

「うん、お小遣いもよくくれたし、たくさん遊んでくれたよ」

お互いすることがない上に子供は二人きり。自然と言葉を交わしていく。

「え、あのゲームやったことないのかよ。もったいない。めちゃくちゃ面白いぞ」

「わたしのおうち、ゲーム機ないもん」

「普段(ふだん)何して遊んでるんだ？」

「ぬいぐるみとおままごと！」

「おままごとかぁ。つまんなそうだなー」

「みきちゃんは、わたしとおままごとするの楽しいって言ってくれるよ？」

「誰(だれ)だよみきちゃんって」

ジュースを飲みながらくだらない話をたくさんした。中身のない会話ばかりだったが、退屈を全然感じない時間だった。

「――そうちゃん、そろそろ始まるわよ。静かになさい」

いつの間にか席についていた母親に窘められて、会話を強制中断させられた。

いよいよ披露宴が始まる。

ちょっと前に流行(はや)ったウエディングソングが流れ出し、新郎新婦が入場してきた。

「うわぁ……！」

酔っぱらっているところしか見たことがないお兄さんがガチガチに緊張(きんちょう)しているのが颯真には面白かったが、隣の女の子は純白のウエディングドレス姿の新婦を見て、目をキラキラ輝かせて、力いっぱい拍手を送っている。

自分だって綺麗なドレスを着ているくせに、と颯真は思った。女の子って綺麗なものがすごく好きらしい。

それから披露宴は、粛々と進行していった。

颯真の父親を含む色んな大人が入れ替わり立ち替わり祝辞を読み、乾杯をし、ケーキ入刀が行われる。

大人たちは笑ったり感動したり拍手したりしていたが、正直に言えば颯真にはどれもつまらなかった。

退屈しのぎに隣の女の子とまた話をしたかったが、式が真面目に進んでいるのにペチャクチャおしゃべりをしたら絶対に怒られる。

颯真にできることは、次々と出される料理を食べることだけだった。しかしこの料理も、おいしかったが大きなお皿にちんまりとしか載せられていなくて、小学生の颯真でもあっという間に食べ終えてしまうほどの量だった。

食べるものがなくなり、またすぐに手持ち無沙汰になってしまう。

結局、アップルジュースのおかわりを繰り返すしかすることがなくなってしまった。

「んんん～？　あれ？　ジッとしててよぅ」

アップルジュースに口をつけながら隣を見ると、女の子が泣きそうな声を発しながらいまだに食事をしていた。どうやらナイフとフォークの取り扱いに苦労しているようで、舌平目のムニエルと懸命に格闘している。

逆隣りの父親が助け船を出すかなと思っていたが、新郎新婦の方を熱心に見ていて娘の苦戦に全然気づいていない。

颯真は軽く手を上げ、ジュースを運んでくれたウエイターを呼び止めた。

「すみません、この子にお箸をくれませんか？」

オーダーを聞くと、ウエイターはかしこまりましたと即座に箸を一膳持ってきて、女の子に手渡してくれた。

「あのあの、ありがとう」

「礼なんかいいよ」

箸を握り締めた女の子がぺこりと頭を下げてきたが、なんだか気恥ずかしくてつっけんどんな対応になってしまった。

この子を見ていると構いたくなるというか、世話をしたくなってしまったのだ。

それからの颯真は、式の主役の二人ではなく、隣の席の女の子をずっと眺めていた。箸を手に入れた女の子はパクパクと料理を食べていく。その様子がすごく幸せそうで、見ているこっちも幸せな気持ちになってくる。

「このおさかなおいしい！」

眺められているのに気付いているのかいないのか、女の子は足をパタパタさせて喜びを表現しながら料理を食べていった。

そして、彼女が食べ終わったのを見計らったように、デザートとしてカットされたケーキが運ばれてきた。ケーキと言えばショートケーキのように三角形に切り分けられたものを想像するが、颯真たちの前に出されたのは、小さな長方形にカットされたケーキだった。

最初はなんだかわからなかったが、先程新郎新婦がケーキ入刀したウエディングケーキの一部らしい。新郎新婦もお互いの顔を生クリームでベトベトにしつつ、笑顔で食べさせ合うファーストバイトを披露している。

「やったぁケーキだ！」

女の子が今まで以上に目を輝かせ、ケーキを口いっぱいに頬張った。

「これ、すっごくおいしい！」

パタパタさせていた両足が一層忙しく動き出す。

オレンジ色のドレスと相まって、天使か妖精がケーキを食べるために舞い降りてきたように見える。

彼女は本当に元気いっぱいで、楽しそうで、幸せそうだ。食べるだけでこんなに喜びの感情を表現できる子は見たことがない。ずっと眺めていたいと思ってしまう。

だが、颯真にとっても女の子にとっても幸福な時間は、長くは続かなかった。

「もうなくなっちゃった……」

女の子のパタパタが止まってしまう。

ウエディングケーキはお客全員に行き渡るようにカットされたため、かなり小さかった。子供の口からしても物足りない。

女の子は空になってしまった白いお皿をちょっと見つめた後、隣に座る父親の袖をクイクイと引っ張った。

「ねえねえお父さん。このケーキすっごくおいしかった。おかわりもらえない？」

「え、おかわりかい？」

父親は周囲をキョロキョロと見回すが、余っているケーキなんてなさそうだ。

「ちょっと、難しいかな。お父さんもお母さんももう食べちゃったし……」

「ええ～、おかわりないの？」

「おうちに帰ったら、お父さんが作ってあげるから。ね？」

父親が何とか宥めようとするが、娘の機嫌はなかなか直らない。

「ううう～……。このケーキがよかったのにぃ」

無念そうに空の皿を見つめ続ける。

颯真は彼女から視線を切り、自分の皿に目を移した。ずっと少女を眺めていたせいで、まだ手付かずのケーキがそこにはあった。

その皿を、少女の方に差し出す。

「やるよ」

「いいの!?」

「ジュース飲み過ぎたからな。甘いものはもういいや」

ウソである。このケーキ、なかなかおいしそうで、食べてみたい。

だけど、その欲求以上にこの女の子に食べてほしいと思ってしまった。

そのくらい、彼女の笑顔は可愛かった。

「ありがとう！」

女の子はケーキを受け取りながら、花の妖精のような笑顔を見せてくれた。それだけで、ケーキをあげた甲斐があった。

「やっぱりとってもおいしい！」

再び幸せそうな笑顔を振りまきながらケーキを食べ始める。

それを見ているだけで、颯真の胸はいっぱいになりそうだ。

「あ……」

ケーキを半分ほど食べたところで、女の子のフォークが止まった。彼女の視線が壇上にいる新郎新婦に釘付けになっている。

二人はいまだに幸せいっぱいにファーストバイトを続けていた。

そんな二人の様子をジッと眺めていた女の子だったが、何を思ったのか、食べかけのケーキをフォークに突き刺し、颯真の方に差し出してきた。

「はい、どーぞ」

「え？　いや、だって……」

「あなた、ぜんぜん食べていないでしょ？　一口どーぞ」

「いいって。それはあげたものなんだし」

一度あげたものをまたもらうのはなんか違う、と思ってしまった。

颯真は首を横に振って遠慮するが、女の子はグイグイとケーキを突き付けてくる。

「いいからいいから。ね？」

「いらないって。お前が食べろよ」

それでも断ろうとすると、女の子は今までとは種類の異なる少し大人びた笑みを浮かべた。

「ひょっとして、恥ずかしい？　なんだか可愛いのね、あなた」

「ム」

年下の女の子にそこまで言われるのは面白くない。

「わかった。そこまで言うなら食べてやる」

「はい、どーぞ」

颯真が口を大きく開けると、女の子はケーキを食べさせてくれた。

口の中に生クリームの甘さが広がる。

「どう？　このケーキ、とってもおいしいでしょ」

「……うん、そうだな」

確かにものすごくおいしい。颯真の七年の人生の中でも間違いなくトップクラスだ。

けれども、颯真の心の中はざわついていた。

女の子は颯真にも何度か笑顔を見せてくれた。だけど、それはケーキを食べた時以上の笑顔ではなかった。それがなんだか悔しいのだ。

端的に言えば、颯真はケーキに嫉妬していた。

「なあ、ぼくがケーキ作ったら食べてくれる？」

だからだろう、そんな質問をしてしまったのは。

「え？　ケーキ作れるの？　すごいね！」

「い、いや、今はまだ作れない。だけど、そのうちすごいの作れるようになってみせる。このケーキよりもおいしいやつ」

「このケーキより⁉　すごいすごい！　作ったら絶対にわたしにも食べさせてね！」

「もちろん。約束する」

「えへへ、楽しみだなぁ」

少女が期待で胸を膨らませつつ、足をパタパタさせるのを見て、颯真は頑張ろうと心に誓った。

次の日、颯真は生まれて初めてケーキを作ってみた。

結果を言えば、ひどい出来だった。生地は全然膨らまなくてぺしゃんこで、味もひどいものだった。

「ケーキって、難しいんだ……」

こんなの、とてもじゃないが、あの女の子には食べさせられない。

手痛い失敗をしてしまった颯真は、他の簡単なお菓子からステップアップした方がよさそうだと考え、ホットケーキやゼリー、パウンドケーキといった簡単とされているお菓子を作るところから始めてみた。

けれども、どれもなかなか思うような出来にはなってくれなかった。

ただ作ればいいわけではない。あの女の子が素敵な笑顔を見せてくれるようなおいしさでなければならないのだ。

母親に聞いたり、家庭科の先生に聞いたり、ネットで調べたり、できることからコツコツと努力を積み重ねていった。数度の失敗を経て、結局それが一番早道だと考えたのだ。

一ヵ月、半年、一年、二年と練習と勉強を重ねていった。

そうしているうちに、本来の目的を忘れていった。

結婚式で出会った女の子のことも、その女の子と交わした約束も薄れていき、記憶の隅でひっそりと眠り続けた。

手段が目的とすり替わり、颯真の夢はパティシエになることになっていった。

――ピピピピピ……。

無機質な音が颯真の脳みそを掻き回し、見ていた夢はブツンと遮断された。

「ん～～～～～～～！！」

意味のない獣のような唸り声を発しながら大きく伸びをし、むくりと上半身を持ち上げる。

寝ぼけた視界に、見慣れた自室が映る。

「……なんか、変な夢を見たな」

夢を見た、ということは覚えている。

だが、内容を全然思い出せない。

砂に描かれた絵が風で吹き飛ばされるように、頭が覚醒すればするほど夢は薄らいでいく。懐かしい夢だった気がするが……。

ベッドの上でしばし思い出そうとしてみたが、徒労に終わった。

「颯真ー！　起きてるのー？」

なかなか起きてこない息子を心配した母親の大声がドアの向こうから飛んでくる。

「起きてるよ！」

怒鳴り返し、朝の準備を急ぐ。

慌ただしいいつもの朝が始まり、日常に紛れるように夢を見たことさえも忘れていく。

だが、この夢は、颯真の魂に刻まれている。

忘れることはあっても、消え去ることは、決してない。


颯真の母親は、作るのが面倒だからと弁当を持たせてくれない。

そうなると昼食の選択肢は、学食か購買部のパンか、登校前に買ったコンビニ弁当ということになる。

ところが、この学食と購買部が大問題だった。

言葉を選ばずストレートに言えば、死ぬほどまずい。ラーメンは麺がふにゃふにゃでコシがないし、スープも薄すぎるせいで塩汁としか思えない。定食のアジフライやコロッケは揚げ油をエンドレスに使い回しているせいか、年季の入ったガソリンスタンドみたいなにおいがする。パンもやたらめったらスカスカのパサパサで、食洗用のスポンジを噛んでいるみたいだ、というのが生徒たちの意見である。

価格が安いのがせめてもの救いだが、それだけで我慢し続けられるほど今の高校生は忍耐強くない。

生徒側から何とかしてくれと何度も上申されているようだが、一向に改善される兆しは見えない。学校側にやる気がないのか、それともどうにもならない事情があるのか。どちらにしても、颯真が在学中に学食と購買部のクオリティアップは望めそうにない。

「翔平、脱走するけどお前も来るか？」

「あー、ゴメン。今日は弁当なんだ」

四時間目の授業が終わった後、颯真は親友に声をかけたが、彼は申し訳なさそうにハイカラな模様の小風呂敷に包まれた弁当を揺らして見せた。

「そうか。しょうがないな」

他の親しいクラスメイトにも声をかけてみたが、全員にすげなく断られてしまった。

「一人で脱走するかぁ」

『脱走』とは言葉の通り、学校の外へ抜け出すことだ。

学校内の食事に絶望した生徒が昼休憩に抜け出して外食をするのは、この高校において脈々と受け継がれてきた裏の伝統のようなものらしい。もちろん立派な校則違反なのだが、教師も現行犯逮捕でなければ黙認している節があった。それだけ学食と購買部の味がひどいということだろう。

颯真は菓子の味にはうるさいが、料理についてはそれほど頓着しない。しないが、それでも毎日毎日残念な料理が続けばうんざりするし、おいしいものを食べたいと思ってしまう。なので、週に一回は脱走して外食をするようにしていた。

「颯真ぁ、外出るならお土産（みやげ）よろー。ポテトチップス買ってきてー」

包みを開けて弁当を食べ始めている翔平がそんなことを言い出すと、

「俺（おれ）チョコミントのアイス」

「コーラ」

「わたし、ピーチグミ！」

他のクラスメイトたちもそれに便乗して、口々にリクエストを言い始めた。

「一件につき配送料百円払（はら）うならいいぞ」

「市瀬（いちのせ）、それはボリすぎだろ」

「バカ言え、デリバリーサービスの対価としてはリーズナブルだろ」

「市瀬のケチー。外道（げどう）ー」

「昼飯食いに行くだけのクラスメイトをパシらせようとするお前らの方が、外道だと思うんだけど」

クラスメイトたちを適当にあしらいつつ、教室を後にして、裏門を目指す。昼休憩中に学校を抜け出すルートはここしかない。にもかかわらず、ここを教師が見張っているのを見たことがなかった。学校側が外食を黙認している証左と言えよう。

颯真が裏門前に到着すると、先客がいた。

「足元、気を付けてね」

「うん、ありがとー」

上級生と思しき男女が互いを助け合って、水色のペンキがあちこち剥げかかっているみすぼらしい鉄製の門を乗り越えようとしているところだった。

「チッ」

それを目撃して、無意識に舌打ちをしてしまう。

どこからどう見たってカップルだからだ。学校を抜け出す理由も、まずい学食が嫌だからというより、二人きりでイチャイチャしながら食事をしたいからだろう。彼女なんかいたことがない颯真にとって、見ていて愉快なものではなかった。

妬みの気持ち満載でつま先でアスファルトの地面をコツコツやりながら、二人が乗り越えるのを待つ。

「じゃあ、行こうか」

「ゆーくんと二人きりのランチなんて久しぶりだからすっごい楽しみー」

「俺も。個室を取ってあるんだ。ゆっくりしような」

「うん！」

そんなことを言いながら、手をつないで去っていく上級生たちを憮然とした面持ちで見送っていると、唾棄したい気持ちになってきた。

「なんだあれは！　飯食いに行くのが目的なのかイチャイチャするのが目的なのか、はっきりしやがれっての。クソッ、今日は大盛を食ってやる」

そんなことをブツクサ言いながら、冷たくザラザラした感触の裏門をさっさと乗り越える。何度も脱走しているのでお手の物だ。

「颯真さーん」

金はいくら残ってるかなと財布の中身を確認していると、乗り越えたばかりの裏門の方から名前を呼ばれた。

一瞬、教師かと身構えたが、そうではなかった。

茶色い髪を揺らしながら駆けてくるのは、千佳だった。

「何か用か？　まさか、お前も何か買ってこいとか言い出すんじゃないだろうな」

走ったせいで息を切らす彼女に、だったら金寄越せと手を突き出す。

「違いますよう。あのあの、私も連れて行ってくれませんか？」

「……外へ？」

目を丸くする。唐突で予想外過ぎるお願いだった。

「私も外でお昼ご飯を食べてみたいんです！」

「お前、いっつも弁当じゃなかったっけ？」

昼休憩の千佳は、教室で未希たちと大騒ぎしながら食事をしていると記憶している。

「今日はお母さんにお弁当はいらないって断りました。そろそろ颯真さんが外へ行く日だろうなぁって予測できたもので」

お友達がみんな誘いを断ったのを見て、チャンスだって追いかけてきちゃいました、と付け足す。

「人の食生活を予測すんな。で、相方の斉藤はどうした」

彼女の背後を見ても、黒髪の優等生の姿は見当たらない。

「未希ちゃんには、お腹の調子が悪いから保健室に行くって言ってきました」

「またしょうもないウソを」

バレた時にとばっちりを食うのは、確実に颯真である。

「私、いつもお弁当で、お外で食べたことないんです。クラスのみんながやっているのを見て、前からやってみたかったんですけど、未希ちゃんがダメって」

「まあ、あいつは生徒会だしな」

生徒会副会長の彼女が、校則違反の片棒を担ぐはずがない。

「ですから、颯真さんにお願いするんです。連れて行ってください」

「一応言っておくが、文句なしの校則違反だからな。見つかって怒られても恨むなよ」

「大丈夫です！　それも経験の一つになります！　私、先生に思い切り怒られた経験ってありませんから」

「その考え方はポジティブすぎるぞ」

呆れ顔になってしまうが、そこまで覚悟があるのなら、来るんじゃないとつっぱねるのも可哀想か。

「わかった。一緒に行こうぜ。裏門を乗り越えてこっちに来いよ」

「了解です！」

クイクイと手招きすると、千佳は嬉々として鉄製の裏門に手と足をかけた。

運動神経がいいイメージがないので大丈夫かと心配したが、予想外の身軽さで裏門を乗り越えて、トンとアスファルトの地面に降り立った。

「うわぁ、なんだかすごくワクワクします！　なんでしょうか、このドキドキ感！」

初めての校則違反にテンションが上がったのか、はしゃいだ声を上げながらピョンピョンと飛び跳ねる。

「早く離れるぞ。ここで先生に見つかるのが一番ヤバい」

「あ、はい」

教師は外食を大目に見てくれているようだが、現行犯の場合はその限りではない。

肩を並べて、少し速足で飲食店が多い商店街へ向かう。

「ところで、食べたいものはあるのか？」

「ジャンクフードをリクエストします！」

尋ねると、即答してきた。

「私、ああいうものをほとんど食べたことがないんです」

「マジか」

「マジです。未希ちゃんたちとハンバーガー屋さんに行ったことはありますけど、数えるほどです。お父さんたちにハンバーガー食べたいって言ったら、手作りしてくれたりおいしくて有名なお店に連れて行ってもらったりで、いわゆるジャンクフード扱いされているチェーン店ってあまり経験ないんです。他のジャンクフードはもっと経験ありません」

「大事にされてるなぁ、お前」

本当に、あの両親は娘が可愛くて仕方がないようだ。

「でも、そうか。ハンバーガーショップは一応行ったことあるなら、牛丼屋はどうだ？」

牛丼もハンバーガーと双璧を成すジャンクフードの代表格だ。

「いいですね！　私、牛丼屋さんには行ったことないです」

「じゃあ決まりだ」

　商店街の真ん中あたりにある牛丼屋を目指す。

　昼時の商店街は結構な賑わいだった。普通の買い物目的の人もたくさんいるし、昼食を取ろうと近隣のオフィスビルから出てきた会社員も数多く歩いていた。

　脱走常習犯の颯真には見慣れた光景だが、千佳の目には新鮮に映るようだ。

「思った以上に人が多いですね。なんだか、夕方よりも人は多い気がします」

「この辺は会社勤めの大人がターゲットの飯屋が多いからな。夕方のサラリーマンは家に帰るか飲みに行くかだから、その差だろ」

「なるほどー」

　颯真の説明にコクコクと何度も首を縦に振って、納得する。

　それから、人ごみと颯真を見比べていたが、ちょいちょいと肩口をつついてきた。

「颯真さん颯真さん」

「なんだよ、急がないとリーマンに席取られて待たされるぞ」

「人が多くて迷子になりそうだから、手をつないでくれませんか？」

　と、自分の右手を差し出してきた。

「て……？　手⁉」

ギョッと驚くと、ズイと距離を詰めてきた。

「はい、手です。私、このあたりに全然詳しくないので、迷子になったら大変です」

「人は多いけど、迷子になるほどじゃないだろ」

こんな人が多い中で、そんな恥ずかしいことできるはずがない。自分の手を背後に隠して拒絶する。

「そうです？　先程の上級生たちはしてたじゃないですか」

「あれを見てたのか」

面倒くさいものを見やがって、と渋い顔になってしまう。

「あれは迷子防止が目的じゃない。だから、あれの真似をする必要は全然ない」

「……そうですか。残念です」

つないでもらえなかった手を見つめつつ、千佳が少しだけがっかりしたように呟いた。

「ほら、さっさと行くぞ」

「はぁい」

千佳を急かして牛丼屋へ向かう。

入った牛丼屋の混み具合は八割といったところだった。なかなかごった返しているが、空席がないというほどでもない。満席を危惧していたので安堵した。

「ええと、どうすればいいんです？」

牛丼屋初来店の千佳が、勝手がわからずキョロキョロする。

「そこの券売機で食券を買って、席に座って店員に券を渡せばいい」

「なるほど。あ、そういえば、牛丼屋でよく使う呪文ってあるじゃないですか。あれはいつ使えばいいんでしょうか」

「呪文？」

千円札を券売機に噛ませながら、千佳がおかしなことを言い出した。

「ほら、ネギダクとかツユダクとか」

「あー、それか」

裏オーダーとか特殊オーダーと呼ばれている頼み方をしてみたいらしい。だが、あいにく颯真はそんな変わった注文をしたことがなかった。

「俺は牛丼屋のエキスパートじゃないから知らん」

「えー、颯真さんってばガッカリです」

「俺におかしな期待をするんじゃない。ほら、初心者なんだから普通に頼めよ」

「はぁい」

千佳は牛丼並とサラダの券を購入し、颯真は牛丼大盛とサラダとみそ汁のセットを購入した。

背広姿の大人に挟まれる形でカウンター席に並んで座り、店員に食券を手渡す。

「なんだか、落ち着かない雰囲気ですね」

忙しそうに調理している店員や慌ただしく牛丼をかき込んでいる会社員を物珍しそうに眺めつつ、千佳がコソコソと耳打ちしてきた。

「昼休憩は短いからな」

「ははぁ……」

二人が注文したメニューも一・二分ほどでやってきた。

「いただきます」

「い、いただきます」

紅ショウガを牛丼の上にたっぷり載せて食べ始めると、千佳もそれに倣ってほんのちょっと紅ショウガを載せて食べ始めた。

「………」

いつもの彼女なら楽しげに感想を述べたり、話しかけたりしてくるだろう。だが、周囲が無言で忙しなく牛丼を食べているのに感化されたのか、黙々と牛丼を食べ続けた。

「ごちそーさま」

「ごちそうさまでした」

合わせたつもりはなかったが、二人が食べ終えたのは、ほぼ同じタイミングだった。

「学校に戻るぞ」

「あ、はい」

千佳を促し、高校への帰路に就く。

そこでようやく、彼女らしい感想が聞けた。

「うーん、食券を買ったりするのは初めての体験だったので楽しかったですけど、食事は落ち着かなくてあんまり面白くなかったです」

「食い物屋に面白いとか面白くないとかってジャッジはどうなんだ？」

牛丼屋もエンターテインメントを追求して営業はしていないだろうから、千佳の不満は不当評価だろう。

「経験の一つとしてはよかったですけど、次は落ち着けるお店がいいです」

「『次は』って、また抜け出す気かよ」

「颯真さんが一緒に行ってくれるのでしたら」

牛丼屋はイマイチだったが、脱走は楽しいようだ。

「落ち着ける店って言ってもなぁ」

颯真が利用する店は、安くて回転が速い店が多い。

「あ、個室でもいいですよ？」

腕を組みつつ悩んでいると、千佳がいたずらめいた笑みを浮かべて囁いてきた。

「……さっきの上級生カップルの会話も聞いてやがったか」

地獄耳めと颯真が渋面になると、ますます楽しそうにふふふと笑う。

「お前と個室なんて嫌だよ。いかがわしいことされそうで怖い」

「私、そんなことしませんよぉ」

「この間、お前の部屋で押し倒されたりセクハラされたりした気がするんだが、俺の記憶違いか？」

「あ、あれは、テンションが上がっちゃって……」

「千佳って調子に乗ると、ヤバいこと平気でするよな」

「人を危険人物みたいに言わないでください！」

「『みたい』じゃなくて、心底危険人物だと思っている」

「颯真さん！　さすがにそれはひどすぎです！　これでも私、あだ名が『安らぎの天使』なんですよ⁉」

「天使どころか、俺には時々悪鬼羅刹に見える」

「悪鬼羅刹⁉　そこはせめて小悪魔とか堕天使って言ってくれませんか⁉」

「ご冗談を。そんな可愛らしいものじゃないだろ」

「颯真さん！」

くだらないことを話しているうちに、高校に到着した。

近くに人影がないことを確認してから裏門をよじ登り、高校の敷地内に戻る。

トイレに行ってから教室に戻ろうか、などと考えていた時だった。

「颯真さぁん」

背後から千佳の情けない声が飛んできた。

振り返ると、彼女はまだ裏門を乗り越えていなかった。

「早くしろよ。五限に遅れるぞ」

「それが、その、登れないんです」

言いながら裏門を乗り越えようとするが、ぴょんぴょんとその場で跳ねるばかりでちっとも体が上がらない。

「さっきは簡単に登ってたじゃないか。飯の食い過ぎで重くなったか？」

「違います！」

「じゃあ、どうして――」

と、言いかけて、原因に気づく。

門の表と裏では、形状が違うからだ。

門の学校側には、手すりや閂を通すための閂鎹などがあり、手や足を引っかけられる箇所が多い。そのおかげで乗り越えるのは容易だ。だが、道路側には手足を引っかけられるような箇所は一切ない。それはそうだ、簡単に乗り越えられたら、防犯の役目を果たせなくなってしまう。

「どうしたものかな……」

外側から乗り越えるには、門の上部を両手で掴み、懸垂の要領で腕の力だけで自分の体を持ち上げなくてはならない。運動部でもない女子の細腕に、そんな筋トレじみたことをやれというのはなかなか難しいだろう。

颯真は自分が今まで乗り越えるのに苦労したことがなかったから、全然気づかなかった。

チラリとスマホで時間を確認すると、チャイムが鳴るまでもう五分しかない。悠長にあれこれ考えている暇はなかった。

急ぎ足で裏門に取って返す。そして、門に足を引っかけて上半身を門扉の上から出し、千佳に向かって右手を差し出した。

「掴まれ。引っ張り上げてやるから」

「え？　あの、でも」

差し出された颯真の手を、ビックリしたような顔で見つめてくる。

「遅刻するぞ。早くしろ」

「は、はい」

急かすとおずおずと手を伸ばし、そっと握ってきた。

「上に引っ張るぞ」

手をぎゅっと握り返すと、彼女は頬を赤くしながら、少し恥ずかしそうにこくりと頷いた。

「せーのっ！」

千佳のジャンプに合わせてぐいと彼女の体を持ち上げる。どうにか胸のあたりまでが門より上に出たところで腰に左腕を回し、抱きかかえるようにして学校側に引っ張り込んだ。

「よっと」

そのまま地面に飛び降りる。

二人分の体重を受け止めた膝が悲鳴を上げたが、どうにかこうにか千佳を校内に入れることに成功した。

「あの、ありがとうございます」

千佳が消え入りそうな小さな声で礼を言った。

「今度外に行く前に、裏門を乗り越える練習をしなくちゃいけないな」

言いながら、彼女を解放しようとする。

だが、千佳は体を密着させたまま離れようとしない。

「おい……？」

代わりに、鼻先と鼻先が触れ合いそうな距離でジッと見つめてくる。

「もうちょっと、このままで」

そう言ってくる彼女は、いつもの彼女ではなかった。かと言って、からかいを楽しむ大人びた彼女でもない。ただただ興味深そうに不思議そうに、年相応の表情でこちらの瞳を覗き込んでくる。

「私、こんな風に力いっぱい抱きしめられたり、ピッタリとくっつくって初めてです」

彼女が言葉を紡ぐたびに、熱を帯びた吐息が颯真の頬を撫でる。

「いつも斉藤たちにぬいぐるみみたいに抱きかかえられまくってるじゃないか」

「女の子には、です。男性には、お父さんを除いたらこれが生まれて初めての経験です」

それを言うなら、颯真も女の子を抱きかかえるなんて生まれて初めての経験だ。

「未希ちゃんに抱きかかえられた時とも、お父さんに抱っこされた時とも違うんです。何が違うのかわからないんですけど、絶対に違うんです。なんなんでしょうか、この感じは」

「俺に聞かれても困る」

「安心するような、恥ずかしいような。ドキドキする？　ううん、ホッともするんです。私……颯真さん……。特別……？　当たり前……？」

颯真の顔をジッと見つめながら、心に浮かぶ断片的な言葉を呟く。

対する颯真も、自分の中に生じた感情に困惑していた。

女の子を抱きかかえて、心臓がバクバク脈打っている。

千佳はいいにおいがするし、やわらかいし、あたたかい。

そういう存在がピタリとくっついているのだ。それだけで心臓が、速く強く鼓動してしまう。

それはいい——いや、よくはないのだが、そうなってしまうのは、自分でもわからなくはない。

問題は、それと同時に湧き上がった感情だ。正確には、欲望と言った方がいい。

千佳をもっともっと抱きしめたいと欲してしまうのだ。

こんな風に千佳を抱きしめるのは自分だけでありたいと願ってしまうのだ。未希と父親

に抱きしめられたことがある、と聞かされた時、明確な嫉妬心が胸の中に広がったのだ。

なんだ、これ……？

どうして突然、こんな自分勝手で独善的な感情が込み上げてきたのか、自分でも理解できない。ただひたすらに混乱し、戸惑う。欲望に従い、千佳を抱きしめようとする両腕を抑え込むのに苦労する。

こちらのそんな葛藤に気づいているのかいないのか、不意に千佳がくすりと笑った。

「颯真さんって面白いですよね。ものすごくしっかりしているなって思うこともありますし、すごく可愛いって思うこともありますし」

「それ、お前が言うか？」

子供かと思えば大人、大人と思えば子供な彼女には翻弄させられっぱなしだ。

颯真が渋い顔をすると、千佳はゆっくりと体を離しながら、

「そうですね。颯真さんと一緒にいると、今までしなかったようなことをしてしまう自分がいて驚いてしまいます。でも、私はそんな自分が新鮮で、楽しくて、ワクワクしています。ですから、これからもずっとずっと一緒にいてください」

千佳がぺこりと頭を下げた途端、キーンコーンと予鈴が鳴った。

そのせいで——あるいは、そのおかげで——颯真は返答する機を逸してしまった。

「あ、チャイムが鳴っちゃいました。颯真さん、急ぎましょう！」

千佳が駆け出し、颯真もその後を追う。

「あ、脇腹痛い！　ご飯食べてすぐにダッシュってきついです！　走れないです！」

「置いてくぞ！」

「待ってください待ってください！　見捨てないでください！」

「断る！」

「即答⁉　私と遅刻、どっちが大事ですか⁉」

「もちろん遅刻だ！　それから、走りながら喋ったら、ますます脇腹痛くなるぞ！」

「確かに！　ものすごく痛くなってきました！　颯真さん、おんぶしてください！」

「断る！」

「さっきは思いっきり抱きしめてくれたのにぃ！」

「学校の廊下でそういうこと大声で言うのやめろ！　勘違いされる！」

「勘違いって、どういう風に勘違いされるんですか？」

「ここで悪鬼羅刹モードになるな！」

「だから、せめて小悪魔とか堕天使って言ってください！」

……当分こいつとは、こんな感じなんだろうな。

彼女の踊るように流れる茶色い髪を眺めながら、そんなことを思ってしまった。

炭水化物たっぷりの牛丼大盛を食べたせいで、五時間目の授業はひたすら眠かった。

間の悪いことに科目は英語で、英語が不得意な颯真にとっては、邪悪な子守唄にしか聞こえない。

睡魔の誘惑に屈しかけた矢先、ポケットの中のスマホが短く震え、颯真の眠気を吹き飛ばしてくれた。

授業中に誰だ？　と訝しみつつメッセージを開くと、千佳からだった。

『今日の放課後、お暇ならお付き合いください！』

教師の動向を気にしつつ、返信を打つ。

『昼休憩だけでなく、放課後も付き合えって言うのかよ』

『いいじゃないですか。颯真さんと一緒に色々するの新鮮で楽しいです』

『その色々の中に俺をおちょくるも入っていないだろうな？』

『えへへー』

『笑って誤魔化すな』

ちらりと千佳の方へ目を向ける。

彼女は背筋を伸ばして真面目に授業を受けているように見えた。だが、よくよく見れば膝の上にスマホを置いていて、教師の隙を窺いつつ入力している。なかなかに器用だ。

『今日も予定ないしいいぞ』

特に用事もないし、断る理由もない。

『ありがとうございます！　それでは、いつもの待ち合わせ場所で』

『了解』

やり取りは終了だとポケットの中にスマホを戻す。

が、数分後、またスマホが震えた。

『実は私、こうやって授業中にこっそりメッセージするのもしてみたかったんです！』

千佳の方へ目を向けると、彼女の右手が机の下でこっそりピースサインを作っていた。

……昼休憩に学校抜け出したり、授業中にスマホをいじったり、あいつの両親に知られたら、俺が怒られそうだな。

娘を溺愛している一方で、真面目そうでもある彼女の両親の顔を思い出すと、首がすくんでしまう。

しかし颯真は忘れていた。

千佳を悪の道に引き込んだら激怒する人間が、もう一人いることを。

放課後、そろそろお馴染みになりつつある駅前の待ち合わせ場所に向かうと、千佳は先にやってきていた。

「あ、颯真さん、こっちです！」

こちらの姿に気づくと、ブンブンと元気に手を振ってきた。

「さー、行きましょー」

「いや待て。どこにだよ。何をしたいんだよ」

暇なら付き合えとしか言われていない。

「あ、そうでした」

千佳はうっかりしてましたと頭を掻きつつ、

「今日は、ゲームセンターに行きたいんです」

「王道なところを言い出したな」

また服を買いに行くのではと警戒していたので、ちょっと安心する。

「ゲームセンターにクレーンゲームがあるじゃないですか。私、あれで自力で景品をゲットしたことがないんです。スマホで検索していたら、クレーンゲーム限定のぬいぐるみがあるのを見つけたので、それを自分の力で手に入れてみたいんです」

と、スマホの画面を見せてきた。見覚えのある猫のぬいぐるみが表示されている。

「これが限定なのか？　この間行ったショップに同じのあっただろ」

「色が違います」

「……それだけ？」

「大きな違いです」

冗談かと思ったら真顔だった。ファン特有のこだわりというやつだろうか。共感はできないが、わからないでもない。颯真だって、グラニュー糖を使用したケーキと黒糖を使ったケーキを一緒くたにされたらキレる。

「とにかく、今日の目標はそれなんだな。なら、駅前にあるゲーセンか。一階全部がクレーンゲームだし、あそこならそのぬいぐるみも多分あるだろ」

「では、そこに行きましょう」

二人連れ立ち、ゲームセンターに向かおうとした時だった。

「ちょっと待ったあああああッ!!」

何の前触れもなく、駅前を歩く人々が一様にギョッとしてしまうほど大きな声が、周囲に響き渡った。

他の人たちと同じくビックリして固まっていると、ダダダッとけたたましい足音と共に未希が駆け寄ってきて、千佳を力いっぱい抱きしめてきた。

「未希ちゃん⁉　どうしてここに⁉」

「どうしてもこうしてもないわよ！　最近千佳が市瀬とコソコソ何かしているみたいで心配だったから見に来たのよ！」

抱きしめたついでに頬ずりまでし始める。

「ええっ！　気づいてたんですか⁉」

千佳は驚愕するが、颯真はさほど驚かなかった。いきなり『颯真さん』・『千佳』と呼び合うようになったり、遊びの誘いを度々断ったり、保健室に行ったはずなのに外食に行った颯真とほぼ同時に教室に戻ったりしているのだ。勘の悪い奴でも何かあるなと気づいておかしくない。

ただし、気づかれても驚かないのと、気づかれてもいいと覚悟するのは、完全に別物である。

「ちょっと市瀬！　いたいけな千佳をたぶらかして何をしようって言うのよ！　これ以上可愛い可愛い千佳を振り回すのは、このワタシが絶対に許さないんだからね！」

こういう風に、面倒くさいことになるのは火を見るより明らかだったからだ。

ピーチクパーチク実にうるさい。

「絶対に俺が悪役になるんだってわかってたんだ……」

顔を手で覆いつつ呻く。

千佳が、どうしましょうとこちらを見てくるが、どうにもならない。正直に説明するしかないだろう。

お前の口から説明しろよ、と目で言うと、二人だけの秘密を明かすのが嫌らしい千佳は残念そうな顔をしつつ、親友に最近颯真としていることを白状した。

「――ですから、別に変なことをしているわけでも、颯真さんに無理やり連れ回されているわけでもないんです」

事情を聞かされると、未希はショックを受けたようだった。

「そ、そんな……。千佳がワタシじゃなくて市瀬なんかを頼るなんて……」

「うぉい、『なんか』って言うな」

一応つっこんでみたが、当然のように無視される。

「ワタシなら、変な交換条件なしに喜んで協力するわよ？」

「未希ちゃんはそう言ってくれますけど、結局手を出して自分でやっちゃうじゃないですか。それじゃ意味ないんです」

頬ずりをされるがままになりながら千佳が唇を尖らせると、未希はうっと言葉を詰まらせた。自覚はあるらしい。

「その点、颯真さんはそれなりに冷たくて、でも本当に困ったら優しく手助けしてくれるから適任なんです。ツンデレってやつなんです」

「お前も褒めてねーな」

白い目で抗議しても、やっぱり少女たちの耳には届かない。

「とにかく、適度に薄情な颯真さんがうってつけなんです！」

「市瀬なんて菓子作り以外取り柄なんかないじゃない！　そんな奴に大事な千佳を託すなんて不安しかないわよ」

揃って無自覚に颯真をこき下ろしつつ、あーだこーだと言い合うが、全然終わりが見えそうにない。

やがて、このままでは埒が明かないと判断した千佳が、指を一本立てながら一つの案を提示した。

「では、こうしましょう。今日これから私と颯真さんがすることを見てください。そうすれば、いかに颯真さんが適任かわかると思います」

見ていてください？　それはつまり、今日の放課後ずっと未希の監視の目に晒されるってことか？

小姑のような女子にジロジロと見られ続けるなんて、想像するだけでもゾッとする。

「なるほど、実際に見てジャッジするってわけね。いい考えだと思うわ」

颯真は反対の声を上げようとしたが、その前に未希が承諾してしまった。

「決まりですね。では、未希ちゃんは私と颯真さんを少し離れたところから見ていてください。手出しは厳禁ですからね」

「わかった。約束する。その代わり、厳しく採点するからそのつもりで」

「私と颯真さんなら何の問題もありませんから、どうぞ存分に採点しちゃってください」

てきぱきと千佳と親友の間で取り決めが行われる。

「え、ええー……」

颯真はものすごーく嫌そうな声を発してみたが、二人の少女はちっとも聞いていなかった。

「は……？」

変なおまけがついてしまったが、予定通り駅裏のゲームセンターに向かう。

「はぁ……」

「おや、颯真さん、ため息なんてらしくありませんね。どうかしましたか？」

暗い顔をしていると、千佳が笑顔で顔を覗き込んできた。

「このため息の理由がわからないって言うなら、今日のゲーセンはキャンセルして三時間くらい説教するぞ？」

「ウソウソ！　冗談ですよ！　さすがにそれくらいはわかってますってば」

ギロリと睨むと、ワタワタと手を振りながら弁明し始める。

「仕方ないじゃないですか。ああでも言わないと、未希ちゃんは絶対に納得しないですから」

「それはそうだろうけど」

チラリと後ろを振り返る。

長身の少女は数メートル後方を歩いていて、こちらの一挙手一投足を見逃すまいと目を光らせまくっている。敵意ある視線に晒されるのが、こんなにも居心地悪いものだとは思ってもみなかった。

「千佳と一緒に歩いているのに、車道側を歩かないってどういう了見よ……！　常識でしよ常識……！」

ドロドロと怨念めいた苦言が後ろから聞こえてくる。

「今すぐ逃げ出したい……」

「ダメです、逃亡は許しませんよ」

制服の裾をキュッと掴まれて、逃亡を阻止される。

「千佳に袖を掴ませるなんて！　ワタシがされたいのに！　市瀬め……！」

何もしていないのに、評価が勝手にドンドン下がっていく。理不尽すぎる。

「スッゲー面倒くさい授業参観みたいだ……」

颯真はまた、盛大にため息をつくのだった。


駅表の方は再開発が進んでいて、なかなかに小綺麗でおしゃれな雰囲気だが、駅裏は雑多でゴチャゴチャしている。その分、多種多様な店舗があり、颯真も友達と遊ぶ時はこちら側を利用することが多い。

なので、今日の目的地も、颯真には馴染みの場所の一つだった。

「わー、賑やかですねー」

到着したゲームセンターの前で、千佳がはしゃいだ声を上げる。

「千佳はここに来たことあるのか？」

「未希ちゃんたちと何度か。ですよね？」

未希の方を振り返ると、彼女はコクコクと力強く頷いた。

「リズムゲームやったり、プリ撮ったりしました。颯真さんは？」

「俺は格ゲーとメダルゲーだな。あと、ボウリングが何回か」

答えながら、ビルの上に飾られている巨大なボウリングピンのオブジェを見上げる。

もっぱらゲームセンターと呼称されているが、実際はビデオゲームだけでなく、色んな遊びができる複合アミューズメント施設だ。筐体ゲームやクレーンゲームに始まり、ボウリングにビリヤード、ダーツにバスケットボール、卓球やゴーカートなんかもあったはずだ。お金さえあれば、この建て物の中でエンドレスに遊び続けられるだろう。

店内に入ると、基盤が焼ける独特のにおいと数多くの筐体が一斉に奏でる音楽が雑然とミックスされて生じる騒音に歓迎された。いかにもゲームセンター、という雰囲気だ。

「メダルゲームもやってみたいです。スロットとかポーカーとかできるんですよね」

「今日はなしだ」

案内板を見る千佳に、両手で大きくバツ印を作って禁止令を出す。

「えー、やってみたいです」

「ダメだダメだ」

疑似ギャンブルをやらせたら、変な遊びを教えるなと未希から文句が飛んできそうでおっかない。

「欲しいぬいぐるみがあるんだろ。それをゲットすることに専念しろよ。言っとくけど、俺はマジでクレーンゲーム苦手だから、欠片も役に立たないぞ」

「元より、自分の力で手に入れるつもりです！」

むん、と可愛く気合を入れて店内に入っていく。

颯真も後に続こうとしたが、襟首を掴まれてしまった。

「ちょっと待った」

「な、なんだよ」

ギュッと絞まった首をさすっていると、未希が人殺しをしそうな形相で睨みつけてきた。

「千佳は、ぬいぐるみを取りに来たのね？」

「ああ、猫のぬいぐるみをゲットしたいんだと」

未希は、なるほど、と頷いて一拍取り、

「何が何でも取りなさい。千佳に悲しい顔をさせるんじゃないわよ」

と強い口調で命令してきた。

気持ちはわからなくもない。千佳が可愛くて仕方がない未希にとって、千佳の悲しむ顔はこの世で一番見たくないものの一つのはずだ。

だが、颯真にそれを言うのはお門違いである。

「取るのは千佳だぞ？　俺はせいぜいアドバイス……も無理か。応援するだけだな」

「絶対に取れるアドバイスをしなさい」

「だから、無理だって」

クレーンゲームは苦手、というか、ほとんど経験がない。中学時代に一瞬だけやったことがあるが、取ったぬいぐるみやフィギュアの置き場に困り、それきりやめてしまった。経験が少ない人間がアドバイスをしたって、知ったかぶり以上のものにはならない。

「無責任なこと言わないでよ。それじゃ――」

「あいつなら大丈夫だろ」

「何よそれ。ワタシ、千佳がクレーンゲームで景品を取ったところなんて見たことないわよ。だからいっつもワタシが取ってあげるんだから」

「そうことじゃなくて」

店内をグルグル回って目当てのぬいぐるみを探している千佳を目で追いながら、

「あいつは取れなくても悲しい顔なんかしないだろ」

「は……?」

言っている意味がまるでわからないと怪訝な顔をされてしまったが、無視をする。

「ま、そこで応援していろよ」

襟首を掴んだ未希の手を振りほどき、千佳のもとへ向かう。

「あ、颯真さん、あった！　ありました！」

ピョンピョンと跳ねる千佳が指さすクレーンゲームのケースの中には、どでんと猫のぬいぐるみが鎮座していた。

「おお……。思った以上に大きいな」

ちょっとした枕くらいのサイズがあり、なかなかの存在感を放っている。

「これ、難しいぞ?」

当然のことだが、小さいものより大きいものの方が難易度は高い。

「頑張ります！」

財布を取り出しながら、千佳が気合を入れる。

「ちなみに、予算はいくらなんだ?」

「千円です！」

と、千円札を見せつけてきた。

「十回か。初心者には厳しいな」

千佳もそれは自覚しているようで、

「今月のお小遣い、あんまり残っていないんです」

としょんぼり顔になった。

「うまくいけば獲れるだろうけどな」

昨今のクレーンゲームには、色んな種類がある。

タコ焼きプレートの穴にピンポン玉を入れるタイプとか、二本の橋をまたぐように置いてある景品を隙間に落とすタイプとか、吊るされた景品をフックに引っ掛けて獲るタイプとか、とにかくバリエーション豊富だ。

千佳が目を付けたクレーンゲームは直取りと呼ばれている、景品をアームで掴んでゲットする定番のタイプである。このタイプでこれだけの大物を一発で獲れる可能性はゼロに近い。アームでぬいぐるみを引っかけて少しずつずらしていき、獲得口に落とす、というのが定石手段だ。問題は、この『少しずつ』を何回繰り返す必要があるか、穴の方へ的確に位置をずらせるかどうか、の二点である。

千佳が千円札を百円玉十枚に両替して、挑戦が始まった。

「こういうぬいぐるみを獲ろうとする時、重心が軽い方を掴むといいらしいです」

「へぇ、そういうものなのか。調べてきてるんだな」

「それはもちろん！　ぬいぐるみ欲しいですから」

「ま、頑張れ」

腕組みしつつ、硬貨を投入する千佳を見守る。アドバイスできるほどの知識はないので、口出しするつもりは毛頭ない。

千佳が大きく丸いタッチボタンを押すと、それに連動してケース内の二本爪のアームがウィンウィンと動き始める。

「後ろ足あたり……かなぁ？」

そんなことを呟きながら、慎重にアームを操作していく。

猫のぬいぐるみはデフォルメが利いていて頭が大きく、胴体部分が小さい。重心的なことを言えば、頭が重く胴体が軽い。素人の颯真が見ても、後ろ足の付け根あたりがアームを引っかけやすそうに見えた。

アームが横に動き、ぬいぐるみと縦軸を合わせようとする。

「あ」

しかしアームは、ぬいぐるみとの縦軸を素通りしてしまった。

挽回しようにも、このクレーンゲームは何度も操作できるタイプではない。どうにもならず、アームは虚しく空を掴んで初期位置に戻っていった。

「む、むむむ」

ボタン操作とアームの動きの間にはわずかなタイムラグがある。こればかりは店や筐体ごとに差があるから、何度か試してみて体で覚えるしかない。

再度硬貨を入れ、挑戦する。

今度は、縦軸はうまく合った。

ウィンウィンと言いながらアームが奥へ進んでいく。

「ここ！」

タイミングを見極めて千佳が、気合を込めてボタンから指を離す。

アームはわずかな間を置いた後、ぬいぐるみに向かってゆっくり降下していった。

「お、おお？」

彼女の背後で見守っていた颯真が、思わず声を上げてしまう。

それくらい見事にアームがぬいぐるみの胴体部分を掴んだのだ。

ググッと持ち上げ、トスンと落とす。

落下の衝撃でぬいぐるみはバウンドし、その勢いで穴に向かってわずかに前進した。

「やりました！　ちょっとだけど、前に出ましたよね！」

　喜ぶ千佳が颯真の腕を掴んで、ガクガクと揺さぶってくる。

「ああ、前に動いたな」

　二回目のチャレンジで、目論見通りぬいぐるみを動かせたのは大したものだ。アームの動きの癖を早くも把握し始めている。中学時代の颯真よりもはるかにクレーンゲームに対する勘がいい。

　だが、これでゲットするのが確定したのかというと、そんなことはない。

　確かにぬいぐるみは動いた。だが、その移動距離は微々たるものだ。一センチ動いたかどうか、といったところである。残り八回で果たして獲得口にまで導き切れるかどうか。

「よーし、このまま頑張ります！」

　三回目の挑戦。

　千佳の操作に従い、アームは動き、ぬいぐるみを掴もうとゆっくり降りていく。

　順調に見えた。

「あ、あれ？」

　しかしアームは、ぬいぐるみの脇腹をくすぐっただけで持ち上げはせず、スタート地点に戻っていった。

「ええ？　なんでです？　どうしてです？」

アクリルガラスに張り付き、千佳が疑問符を連発する。

クレーンゲームには、こういうことがあるのだ。

同じようなタイミングで操作したつもりでも、機械ではない人間がやることなので、どうしても誤差が生じてしまう。そして、そのわずかな誤差が致命的なものになってしまうのだ。

「まだ七回もチャンスありますもんね」

気を取り直し、四回目・五回目・六回目にチャレンジする。

四回目は前進した。五回目は掴んだところが悪かったのか、後ろへ後退してしまった。

六回目は前進したが、ほんのわずかな距離しか稼げなかった。

「ああもうっ！　千佳がピンチじゃない！」

それまで大人しく応援していた外野が、とうとう騒ぎ始めた。

「市瀬！　何かアドバイスしなさいよ！」

「無茶言うな。俺は苦手だって言ってるだろ」

千佳のやり方はおそらくベストなものだ。彼女は事前にきちんと予習をしている。素人ができるアドバイスなんてない。

「もうっ！　ワタシが取ってあげるわよ！」

颯真が全く動く様子がないと知ると、ますます焦れた未希はブラウスの袖をまくりながら、クレーンゲームの方へ行こうとする。

「待った」

それを、腕を伸ばして制止した。

「ちょっと市瀬、邪魔しないでよ！」

生徒会副会長が鋭く睨んでくる。ただでさえ目付きが鋭い上に睨んでくるのだから、なかなかに怖い。だが、恐怖心を押し殺しつつ、はっきりと言ってやる。

「お前は口出しも手出しもするな。そういう約束だろうが」

「そうだけど、あれじゃ取れないわよ。それとも、市瀬は取れると思ってるの？」

「無理だな」

未希の問いに即答する。

千佳の操作テクは、初心者にしてはすごい。わずか数回で機械の癖を把握したのは驚嘆に値する。だが、残りわずかな軍資金であの大物を獲得するのは、ほぼほぼ不可能だ。一発逆転を狙ってぬいぐるみをガッチリ掴んで直接獲得口に叩き込むという作戦もあるにはあるが、相当分の悪い博打になってしまう。

「だったら！」

「だからと言って、斉藤に取ってもらっても何の意味もない」

「はあ？」

未希が怪訝な顔をする。

「いいから、黙って見てろ」

厳命して、千佳に目を戻す。

「うーん……」

千佳は、手の中に残された数枚の百円玉とアクリルガラスの向こうのぬいぐるみを見比べながら唸っている。彼女自身も、このままではぬいぐるみを獲得するのは難しいと悟っているようだ。

百円玉を見て険しい顔になり、猫のぬいぐるみを見て物欲しそうな顔になる。

何度それを繰り返しただろうか。

不意にクレーンゲームの筐体から離れてしまった。そして、店内をグルリと巡り始める。

やがて、猫のぬいぐるみよりも二回りは小さい犬のぬいぐるみが入っている筐体に目を付け、手の中に残っていた百円玉を全部投入した。

「え、ちょっと――」

未希が止める暇もない。

千佳は真剣な顔で犬のぬいぐるみを見据えてアームを操作し始めた。

一回目はタイミングを把握するために空振り。

二回目・三回目は先程と同じようにぬいぐるみを持ち上げて落とし、バウンドを利用して前へ少しずつ移動させる。

そしてラスト四回目。獲得口に半分以上せり出す位置になっていたぬいぐるみの頭をアームがしっかりと掴み、上へ思い切り持ち上げた。落下の衝撃で犬のぬいぐるみはボウンと大きく跳ね、穴の中に吸い込まれるように落ちていった。

——コトン。

わずかな音を立ててデフォルメされた犬のぬいぐるみが取り出し口から姿を現した。

「やったやったやりました！」

手に入れた犬のぬいぐるみをこちらに向かって誇らしげに見せてくる。

「生まれて初めて取れました！　すごくないです⁉　これって結構すごいですよね！」

嬉しくて仕方がないのだろう。ぬいぐるみを持ったまま、颯真の周りをピョンピョン飛び跳ねる。

「確かにすごい。俺だったら絶対に無理だった。千佳って案外こういうのに才能あるのかもしれないな」

「…………」

颯真は素直に褒めたたえ、理解が追い付いていない黒髪の少女は呆然と千佳を眺め続けた。

「ふっふっふ、これはひょっとしてクレーンゲーム荒らしの千佳として、名を馳せることになるかもしれませんね。あらゆるクレーンゲームのぬいぐるみをゲットする未来が見えます！」

「増長すんの早すぎだ。あと、そこまでやったら出禁になるからな」

「えぇー。でもでも、その前にあの猫のぬいぐるみはいつか必ずゲットします！　再挑戦の時は、颯真さんも付いて来てくださいね」

「役に立たないアドバイザーでよければな」

「颯真さんが側にいてくれたから心強かったです」

と、千佳が手を出してきた。

颯真がその手を叩くと、パシンと小気味いい音が鳴り響いた。

「あ、この子どうすればいいでしょうか。通学カバンに入れたら潰れて可哀想ですよね」

当初のターゲットよりは小さいが、ゲットしたぬいぐるみもそれなりにかさばる。

「スタッフに言ってこいよ。袋くれるはずだ」

「そうなんですか。いただいてきますね！」

颯真がサービスカウンターを指さすと、ゲットしたばかりのぬいぐるみを大事そうに抱えて千佳は行ってしまった。

「な？　なんとかしたろ？」

背後で成り行きをずっと見守り続けている少女に得意げな顔を見せてやる。

「千佳のあんな顔、見たことない……」

しょげたような、ショックを受けたような表情で未希が呟く。

「だろうな」

未希はいつも千佳に与えることしかしてこなかった。それでは、達成感と自信に満ちた笑顔なんて見られるはずがない。

「どうしてよ？　千佳が欲しかったのは猫のぬいぐるみだったんじゃないの？　あのぬいぐるみが欲しいなんて一言も言ってなかったじゃない」

「そりゃ勘違いだ」

千佳は、「自分の力で猫のぬいぐるみをゲットしたい」と言ったのだ。第一目標は猫のぬいぐるみではない。自分の力でゲットすることだったのだ。

　もちろん、あの大きな猫のぬいぐるみを自力で手に入れるのが、ベストな結末だっただろう。彼女はあのぬいぐるみをすごく欲しがっていた。だが、他人の力を借りてあの大きなぬいぐるみを手に入れては、第一目標は達成されない。

「あいつは、お前が思っている以上にしっかりしているし、他人に頼らず自分の力で何かをしたいって願っている奴なんだ」

「でも、あの子は今までそんなことを一言も言ったことはないわよ」

「そりゃあ、あいつは優しいからな」

　千佳という少女は強い自立心を秘めている。だが、それ以上に他人を気遣う優しい心の持ち主だ。未希たちが望む、可愛がられるマスコットの役割を無意識にこなそうとしている。

　颯真に対してその気遣いがあまり発揮されないのは、颯真がそういうものを望んでいないからか、颯真を軽んじているからか。――後者でないと信じたい。

「お待たせしましたー」

　ゲームセンターのロゴが大きくプリントされたピンク色のポリ袋を手にした千佳が戻ってきた。

「この後どうするんだ？　とりあえず目標は達成したわけだろ」

尋ねると、千佳は頬に指を当てて考えるポーズを取った。

「そうですね、せっかく来たんだし、他にも何かしませんか？　颯真さんは何かしたいことありますか？」

「格ゲー」

「却下です。コマンド技ですっけ、あのレバーをガチャガチャするの。あれはできる気がしません。リズムゲームはどうでしょう」

「そっちは俺が却下だ。スゲー苦手」

みっともなくバタバタ動いて、千佳に笑われる未来しか見えない。

千佳はエスカレーター脇の案内表示を眺めつつ、

「そうですね……。それでは、ビリヤードをしてみませんか？　私、やったことがないんです」

「別にいいけど、俺もビリヤードはしたことないから、クレーンゲーム以上にアドバイスできないぞ」

「大丈夫ですよ。やってみればきっとなんとかなりますって」

それでは決まりですね、と千佳はご機嫌な様子でエスカレーターに乗って、上の階へ上っていった。

後を追う前に、取り残されている未希に振り返る。

「斉藤も一緒にやらないか？」

「ワタシは……」

颯真に誘われた彼女は、戸惑いの表情を浮かべながら、エスカレーターで上っていく千佳の後ろ姿を目で追いかけるのだった。

ビリヤードコーナーは、ダーツコーナーと一緒に三階にあった。

ダーツコーナーの方は大学のサークル仲間と思しきグループやカップルたちがプレイしていてそこそこ賑わっていたが、ビリヤードコーナーは見事に閑古鳥が鳴いていた。

「人気ないんでしょうか、ビリヤードって」

「たまたまだろ。いいじゃないか。独占できるし、初心者のみっともないプレイを見られて笑われることもないし」

聞けば、颯真と千佳だけでなく、未希もビリヤードはしたことがないそうだ。付いてきたはいいものの、貸し出されたキューを持ったまま、どうすればいいのかわからず所在なげに立っている。

「颯真さんはビリヤードのルール知ってます？」

「ナインボールくらいは。一番のボールから順番に落としていって、九番ボールを落としたら勝ちってやつ」

確かこれをつけるんだよなと青いサイコロ状のチョークをキューの先端に擦り付けながら、うろ覚えのルールを口にする。

「シンプルですね。では、それにしましょう」

さっそく千佳が一番から九番までのカラフルなボールをひし形に組もうとする。

「待て待て待て。三人とも初心者なんだから、ちょっとは練習してからにしようぜ」

「あ、そうですね。まずはそうしましょうか」

全員初心者だから、などと言ったものの、実のところ、颯真自身の腕前を心配しての提案だった。女子たちの前であまりにみっともないプレイを見せたくないという、薄っぺらな男の見栄である。

そして、その危惧は当たっていた。

コツン、ヘロヘロヘロ……コン。

颯真のショットを擬音にすると、こうなった。

キューに撞かれた白い手球は緑色のラシャの上を情けなく転がり、黄色い的球に弱々しくぶつかる。黄色い球はほんの数センチだけ転がり、すぐに止まってしまった。

「……おかしいな？」

ピタリと止まってしまった無様な手球を眺めつつ、首をひねる。

スマホで調べたビリヤードのコツに従ってショットしたつもりなのに、全然駄目だった。

映画やアニメで見るシーンのように、カンッ・カンッ・カンッ！　と小気味いい音をさせつつブレイクショットを決めてみたいが、これではなかなか難しそうだ。

チラリと隣の台を見ると、ひとりで練習をしている未希もうまくできていないようだ。

ハイスペックだなんだともてはやされている人間でもあんなものか、と自分を慰めた矢先のことだった。

——カァンッ！

気持ちのいい衝突音が、ビリヤードコーナーに鳴り響いた。

音がした方を向くと、綺麗なフォームでショットを放つ千佳の姿があった。

「なん、だと……？」

驚愕する颯真の前で、もう一度ショットを打つ。

カンッ!!　と気持ちのいい音を奏でながら放たれた手球は、颯真のショットとは比べ物にならないスピードで台の上を疾走し、青い二番ボールをポケットの中に叩き込んだ。

「なるほどなるほど、こういう風にすればいいんですね」

キューの先にチョークを付け直しながら、千佳が自分を納得させるようにコクコクと頷いた。

「ちょ、ちょっと待て。お前、ビリヤードやったことないって言ってたよな」

「そうですよ？　スマホでやり方調べてみただけです」

「それだけでそんなにできるのか？」

「なんだか、できちゃいました」

意外や意外。千佳にこんな才能があるとは。

未希の方を見ると、彼女も颯真と同じような顔をしている。

「マジかよ。スゲェ」

みっともないへっぽこショットしか打てない身とすれば、尊敬の目で見てしまう。

「私も付け焼き刃ですけど、よろしければお教えしましょうか？」

一瞬、返答に迷う。

だが、聞くは一時の恥聞かぬは一生の恥という諺もある。ここは素直に教えを請うた方がいいと判断して、頭を下げることにした。

「じゃあ教えてくれるか。頼む」

「ええと、白い球に対して顔が正面を向くようにして、足は安定しやすい幅に開きます。そして、あごがキューの真上に来るようにして、球のここを打つんだってポイントをジッと見据えて、キューをまっすぐ前に突き出すんです」

スマホを見ながら、そんなアドバイスをしてくれる。

「やってるんだけどなぁ」

言われた通りにしているつもりでショットを打つ。だがボールは先程と同様にヘロヘロの情けない軌道を描く。

「うまく力が伝わっていないのかもしれません。なんか、違う気がします」

ショットを打ったままの姿勢をキープする颯真を眺めながら、千佳がうーんと首を傾げる。

「足で溜めた力を吸い上げて、腕にまで流すイメージです。漫画であるじゃないですか、オーラとか気とかをコントロールするの。ああいう漫画のキャラになったつもりになってください。といって、力を込める必要はありません。普通の力で十分です。それで球のポイントをちゃんと撞いたらきちんとできますよ」

「そんな説明だけでできたら苦労ないんだけど」

力なく言ってやる。

言いたいことはわからないでもないが、あまりに抽象的で、言葉で聞いて簡単に実践できるものでもない。

練習を重ねるしかないのか、と千佳の指導を請うのを諦め、ショットを打ちまくろうと構えを取る。

すると、千佳が颯真の上に覆いかぶさってきた。

「お、おい？」

戸惑うこちらを無視して、キューを握る手を包み込むようにギュッと握り締める。

背中の全面に広がるように千佳の体の感触を感じてしまう。

見た目よりもボリュームのある膨らみが、その存在を主張してくる。

「ちょ、千佳……!?」

千佳の思いがけない大胆な行動に、未希も驚き慌てふためく。止めるべきか見守る約束を守るべきかわからず、キューを握り締めたまま無意味にオロオロと周囲を見回す。

「颯真さん、まっすぐ前を向いてください」

浮き足立つ颯真と未希とは裏腹に、千佳は真剣そのものだった。

「今言ったように、あまり力は入れないでください。それから、白い球を打つというより、白い球のさらにその先の空間にキューの先端を持っていくと考えた方がいいと思います。

もちろん、その軌道が球の中央を通るように心掛ける必要はありますが、ショットを放つ時は球のことは忘れてください。キューが球を撞くのは、あくまで結果です」

「な、なるほど」

動揺が消えたわけではない。背中に広がるやわらかさとぬくもりを頭から追い出せたわけでもない。そんなことができるほどの精神修養をしたことなんかない。

だがそれでも、キューと白い手球に集中しようと努力はした。そうでなければ、真面目に教えようとしてくれる千佳に合わせる顔がない。

「一度、この状態で打ってみますね。力加減を覚えてください」

「わ、わかった」

耳元で囁かれる真剣な言葉にできる限り真剣な表情で頷く。

千佳の手が、颯真の手を握り締めたままクッと動き、ショットを放つ。

キューから伝わる確かな手応えと共に、カンッ！　と小気味いい音が響いた。

と同時に、ショットを放った反動で千佳の胸がますます背中に押し付けられてしまう。

背中全体を千佳の胸でマッサージされているみたいだ。

「…………！」

羞恥と気持ちよさで声を出したくなるのを、何とかこらえる。

昼間、裏門を乗り越えるために千佳を抱きかかえた。その時に彼女の体の感触は存分に味わっている。あの時と今、さして状況は変わらない。表か裏か、それだけだ。だけど、昼間以上に千佳のやわらかさを感じてしまう。違いは、一体なんだろうか。

颯真がそんなことを考えている間に白い手球は緑色のラシャの上をまっすぐ進み、赤色の的球をカツンと弾いた。弾かれた的球はその勢いのまま、ポケットの中にガコンと落ちていく。

「すげぇ……」

思わず感嘆の声が漏れる。

颯真の体を操る形でショットしたにもかかわらず、見事にボールをポケットに入れたのだ。千佳がビリヤードのコツを掴んでいることは、疑いようもない。

「感覚、掴めたでしょうか?」

自慢するでもなくはしゃぐでもなく、教師のような口調で淡々と尋ねてくる。

「た、多分な」

「では、颯真さんだけで打ってみてください。未希ちゃん、手球をこちらに、的球をあちらに置いてくれますか」

「え? ワ、ワタシ?」

急に名前を呼ばれて未希が驚き戸惑う。

「私も颯真さんもこの姿勢を崩せません。お願いします」

「あ……うん」

真剣そのものの千佳の雰囲気に呑まれ、未希が言われた通りにポケットに落ちたばかりの赤い的球とラシャに転がっていた白い手球をセットする。

「では、やってみてください」

包み込むように握られていた手が解放される。が、覆いかぶさっている体はどかそうとしない。

「まっすぐボールの先を見てください。腕の力は抜いて。そして、キューの先端を置いてくるようなイメージを持ってください」

耳元でアドバイスを囁いてくる。正直くすぐったい。身悶えしたくなる。だけど、これは絶対に成功させないといけないショットだ。

あらん限りの集中力を全身からかき集める。

そして、千佳と一緒に放ったショットを思い返しながら、キューを前に突き出す。

カンッ！

先程と似た音が鳴り、白い手球がラシャの上を力強く転がっていく。そして赤い的球にカツンと衝突した。白い手球は動きを止め、代わりに力を受け取った赤い的球が転がり始める。白い手球より若干勢いは弱いが、それでも的球はなめらかに転がっていく。

——ガコン。

厳かにも聞こえる重々しい音と共に、的球は穴の中に姿を消していった。

「入った……！」

見事なポケットインだ。ボールがカッコいい音を鳴らしながら予定通りに落ちていくのは、想像以上に快感だった。今の今までヘロヘロの情けないショットしか打てなかった颯真は、感動するしかなかった。

「スゲェ！　千佳の言う通りやったらちゃんと打てた！」

「やったやった！ちゃんと成功しましたね！　颯真さん、ありがとうございます！」

颯真はガッツポーズを取って喜んだが、それ以上に千佳が嬉しそうに喜んだ。

「は？　なんでお前が礼を言うんだよ」

「私今まで誰かに物を教わることはあっても、教えることなんてなかったんです。だから、こうやって人に教えて、きちんと結果が出たのがすごく嬉しいんです！」

「ちょ——おい⁉」

喜びが爆発したのか、千佳が胸に抱きかかえるようにしながら颯真の頭をわしゃわしゃと撫で回し始めた。

「颯真さんが私の伝えたいことをきちんと汲み取ってくれたから、うまくいったんです！　本当にありがとうございます！」

全身をフルに駆使して喜びと感謝を伝えようとする。

友達がやってくれることを颯真にもしてあげよう。

多分、それくらいのことしか考えていない。

だが、同い年の男子にこんなことをするのは非常によろしくない。主に、常識とか、倫理とか、颯真の理性とか。

ド本音を言えば、このままでもいいかなと思わなくもないが、公衆の面前かつクラスの女子の前でこんなみっともない姿を晒すのは男の沽券に関わる。

どうにかこの幸せな地獄から抜け出そうと試みるが、千佳の抱きしめ方は実に巧みで、逃げようとしても全然脱出できない。それどころか、ズブズブと胸の谷間に顔が沈み込んでいく。

「お、おい、斉藤なんとかしてくれ……！」

自力での脱出は無理だと判断して、未希に救いの手を求める。

てっきり、血相を変えて千佳を制止してくれるものだとばかり思っていた。だが、彼女はビリヤード台の前から全然動こうとしない。無表情にこちらを見つめるばかりだ。

ウソだろ……？

奈落に叩き落されたような絶望感に包まれる。

「すごいです颯真さん！　えらかったです颯真さん！　いい子いい子！」

「やめろって！　マジではずいんだけど！」

「いいじゃないですか！　感謝の気持ちを伝えているだけです。それ以上でもそれ以下でもありません。ほ〜ら、いい子いい子〜」

「お前ひょっとしてだんだん楽しくなってきてるな⁉」

「だって顔を赤くしている颯真さん可愛いんですもん！」

「その欲求、少しは隠せ！」

抱きしめ可愛がりたい千佳と、それから逃げ出したい颯真はビリヤードそっちのけで延々くっついたり離れたりを繰り返し続けた。そうしているうちに時間が経っていく。

結局、まともにビリヤードは全然できなかった。

ゲームセンターを後にした時、颯真の顔は耳まで真っ赤だったのに対し、千佳の顔はツヤツヤしていた。

「あー、楽しかった♪」

ものすごくご満悦だったらしい。

「あー、疲れた……」

颯真の方はフラフラだった。恥ずかしいと気持ちいいのダブルパンチで精神的疲労が半端ない。

「お疲れのご様子ですね」

「誰のせいだ誰の」

ジロッと睨むと、千佳はぺろっと舌を出し、

「ごめんなさい。調子に乗っちゃいました。でも、颯真さんがすごく可愛くて」

「お前そのキーワードをしょっちゅう言うが、男には全然誉め言葉じゃないからな」

少なくとも、颯真は『可愛い』よりも『カッコいい』と言われたい。

「それで、これからどうします？　お疲れでしたらこのまま解散でも構いませんが」

「冗談じゃない。スイーツ食べに行くぞ」

疲れていないと言えばウソになる。千佳に散々からかわれてぐったりだ。だが、ここで帰ったら、本当に千佳のやりたいことに付き合わされただけになってしまう。それはなん

だか悔しい。

「いいですね。実は、甘いもの食べたいなって思ってたんです」

こちらの気持ちを知ってか知らずか、千佳はお気楽な調子でえへへと笑った。

「それで、どこのお店に行きます？」

「アイスが食べたい。ちょっと歩いたところにイートインができるアイスクリーム屋があるから、そこに行こう」

「アイスですか。そろそろ涼しくなってきますし、時季的にはギリギリかもしれませんね」

十月に入ったらアイスを食べる気分になりにくいという理由や、夏限定のフレーバーが販売終了になってしまうからという理由ももちろんある。あるが、今はそれ以上に火照った顔を冷ますために食べたかった。

「ではでは、まいりましょー」

千佳がアイスクリーム屋を目指して元気よく歩き出し、颯真もそれに続く。

が、すぐに未希に腕を引っ張られて、足を止めざるを得なくなってしまった。

「ねえちょっと」

「なんだよ、斉藤もアイス食べたいなら来ればいいだろ。自腹だがな」

試食してもらう立場なので千佳の分は払うつもりだが、未希の分まで面倒を見ていたら、あっという間に破産してしまう。

「行くわよ。行くけど……」

と、一瞬（いっしゅん）口ごもり、やや躊躇（ためら）いがちに尋ねてきた。

「あんたたち、いつもあんな距離感なの？」

「あんな距離感？」

「さっきのビリヤードみたいな」

「……ああ」

未希が何を問いたいのか理解し、自然と渋（しぶ）い顔になってしまう。

「さっきのセクハラについて文句があるなら、俺（おれ）じゃなくて千佳に言え。俺はいつだって被害者（ひがいしゃ）だ。というかだ、お前らがいっつもあいつにベタベタしているから、あれが当たり前だと勘違（かんちが）いしているんだ。大元を辿（たど）れば、お前らが元凶（げんきょう）なんだからな」

「『いつだって』？　つまり、あれが初めてではないということなのね」

確認（かくにん）するように聞いてくる。

「ちょいちょい変なSっ気出すんだあいつ。どうも俺をいじりやすい玩具（おもちゃ）か何かだと思っていやがる」

「千佳が……？」

俄かには信じがたいと、未希が遠ざかっていく千佳の後ろ姿を見つめる。

「だって、あの子、今までワタシたちにあんなことしたことないわよ」

「だから、俺を扱いやすい玩具とでも思ってるんだろ」

「そうかしら……？」

颯真とすればそれしか考えられないのだが、未希は納得できないのか、しきりに首をひねる。

「颯真さーん、こっちこっちー」

一足早くアイスクリーム屋に到着した千佳が、早く早くと手招きをしている。

「ここですよね？　入りましょう入りましょう！」

「裾を引っ張るな！」

騒々しく二人一緒に店内に入り、未希は少し遅れて入った。

注文カウンター越しに店員に、店内で食べることを告げて、

「モカとエスプレッソのダブルをこいつに」

と、メニューを見ずに注文すると、千佳が頬を膨らませて抗議してきた。

「ちょっと颯真さん！　両方コーヒー味じゃないですか！　嫌ですよ、そんなダブル」

「味の比較をしてほしいんだから当然だろ」

「私、ミックスシャーベットとトリプルベリーのダブルを食べたいです」

アイスケースの中の黄色いアイスとピンク色のアイスを指さしながら駄々をこねる。

モカとエスプレッソの味の違いを千佳の舌で判断してもらいたいのだが、スイーツを嫌々食べさせるのは、菓子作りのプロになりたい人間としては許されるものではない。

「そうだなぁ……」

颯真はちょっと考えてから、妥協案を提示した。

「じゃあこうしよう。俺がミックスシャーベットとトリプルベリーのダブルを買う。それを半分食べさせてやる。どうだ？」

「ということは、私四つの味を食べられるんですね。いいですね！」

颯真の提案を気に入ってくれたらしい。

「先に席を取ってますね！」

弾むような足取りで店の奥へさっさと行ってしまう。

「ええと、今言ったダブルをお願いします」

ピンク色の帽子と制服に身を包んだ店員に改めてオーダーを告げ、アイスのカップを二つ受け取る。

「先に行ってるぞー」

後ろに並んでいる未希に一声かけて、千佳が待つテーブルに向かう。

「颯真さん、こちらにどうぞ」

彼女が自分の隣の席を勧めてくるので、深く考えることなくそこに腰を下ろす。

コーヒーブラウンの双子山が盛られたカップを手渡し、

「じゃあ、試食頼めるか」

「はーい」

颯真に見守られながら千佳がスプーンでアイスをすくって口に運ぶ。

まずはモカ味。そして、エスプレッソ味。

「……なるほど。エスプレッソの方が苦いですね」

「それは俺もわかった」

実は颯真自身も夏休みにこの二種類を食べ比べている。エスプレッソの方が苦いというのはわかった。そして、それ以外にも何かが違うと感じたのだが、その正体がさっぱりわからなかった。だから千佳の意見を聞きたいのだ。

「色を見てもわかると思いますが、モカの方が乳成分が多いと思います。それから、砂糖の量も少し違いますね。モカの方が多いです」

「乳成分か。なるほど」

「あと、使用されているコーヒー豆も違いますね。においが全然違います」

「……マジで？」

それには全く気付かなかった。

しかし千佳はかなり自信があるようで、

「モカの方が甘くてフルーティーな香りで、エスプレッソは香ばしくて苦みが口に残るような香りがします。あいにくコーヒー豆の種類は全然詳しくないので、それぞれどういう品種なのかまではわかりませんけど」

「そこまでわかるだけでも十分すごいだろ」

「おそらくですが、モカ味は一般的なコーヒー味のアイスに近づけようとしているのだと思います。甘くてミルクたっぷりで、大人から子供まで楽しめる味。乱暴に言うと、コーヒー牛乳に寄せた味の設定をしているのではないかと。対してエスプレッソは、完全に大人がターゲットですね。ブラックコーヒーを飲んだ時に近い後味がします」

「なるほど、ターゲットが違うから異なるコーヒー味のアイスを用意しているのか」

年齢や性別が違えば当然好みの傾向も変わる。子供は生クリームたっぷりの甘いショートケーキが好きだろうし、お年寄りは抹茶をふんだんに使った甘さ控えめのケーキを好む人が多いだろう。アイスだって同じで、甘いのが好きな世代もいれば、甘さを抑えたものを好む世代もいる。客層に合わせたお菓子を作るのは大事なことだ。

将来颯真が店を構えることになったら、そういうこともきちんと考えなければならないだろう。

「また一つ勉強になった。ありがとう」

千佳のおかげでまた一つ気づけなかったことに気づけた。頭を下げて感謝を伝える。

すると千佳は嬉しそうに微笑(ほほえ)んだ。

「颯真さんのお役に立てて嬉しいです」

「千佳、こっちのアイスも食べてみてくれよ」

と、自分の分のアイスをすくって彼女の口元に近づける。

「えっと、いいんですか？」

アイスを盛られたスプーンをちょっと照れ臭(くさ)そうに見つめる。

「食べたがってたろ？　ついでに味の評価してくれたらありがたい」

「そ、そうですよね！　それでは、いただきまーす」

ペンギンみたいに両手をパタパタ動かしながら、千佳は差し出されたスプーンを口の中に入れた。

「どうだ？」

「も、もう一度お願いします」

指を立ててリクエストしてくるが、なぜかその頬は赤い。

「わかりにくいのか？」

「え、ええと……そう！　そうですね！　コーヒー味のアイスのせいで、味覚が鈍くなっているのかもしれません」

「あー、そうか。しまった。水もらってくれば、口の中リセットできるのにな」

「大丈夫ですよ。それよりもう一口ください」

「ん」

催促されて二口目のアイスを口元へ持っていくと、彼女は嬉しそうにパクリと食べた。

「……ミックスの方はオレンジ、ラズベリー、パイナップルですね。シャーベットということですが、果汁多めで砂糖少なめです。かなりさっぱりしています。このたとえが適切なのかわかりませんが、焼き肉屋さんで最後に出てくるシャーベットあるじゃないですか。甘さの割合で言えば、あれに近いと思います」

「さっぱりしたの好きな人もいるもんな」

「甘ったるいのばかりでは飽きてしまうでしょうしね。それから、トリプルベリーの方は、クランベリーとラズベリーとイチゴの三種です。ブルーベリーは入っていません。こちらは王道ですね。今まで食べた中では一番甘いです。子供が好きではないでしょうか」

「子供向けか。なるほど」

味覚が鋭いだけでなく、パティシエ・パティシエールの娘だからか、お菓子に込められた意図まで推測してくれる。非常に頼りになる試食係だと改めて実感した。

「そうだ。颯真さんもこちらのコーヒー味の食べ比べをしてみましょうよ。先程私が言った違いを意識して食べてみてください」

と、千佳が自分のスプーンを颯真の口元へ持ってきた。

「そうだな。やってみるか」

彼女に頼るばかりではなく、自分の舌で勉強するのは悪いことではない。

「はいどーぞ」

ゆっくりとモカとエスプレッソのアイスを順番に口に入れてくれる。

「……言われたら、ミルクの量は結構違うな。エスプレッソの方がちゃんとコーヒー味のアイスをやってるな。どっちが親しみやすいかと言えば、モカの方だけど、コーヒー好きはエスプレッソの方だろうな」

「ですよね。私もそう思います」

千佳は同意しながらもう一度アイスを食べさせてくれる。

「豆の種類が違うかどうかはわからん。千佳はよくわかったな。すごすぎだろ」

「えへへ」

褒められて嬉しそうにしながら、千佳が自分の口にアイスを運ぶ。

「コーヒーって、洋菓子とは切っても切れない関係です。勉強しても損はないと思いますよ」

「そうだなぁ。今度コーヒーで有名な喫茶店を行脚してみるか」

「いいですね。そういうのも面白そうです。是非私も同行させてください。というか、お店を調べるところからやりたいです」

「いいのか？　やりたいって言うなら頼んじゃうけど」

「お任せください！」

そう言って、千佳はまたアイスを食べさせてくれた。

「あ、あんたたち……」

二人がアイスを食べさせ合いながらそんなことを話していると、アイスのカップを手にした未希がいつの間にか傍らに立っていた。

信じられないものを見るような目、というか、若干引いた表情でこちらを見ている気がするのは、気のせいだろうか。

「ふ、二人とも何をしているのよ」

そう尋ねる彼女の声は、わずかに震えていた。

「何って、アイスの試食」

「ですね」

颯真も千佳も当然のように答え、当然のように頷く。

「あ、颯真さん、そちらのアイス食べたくなりました」

「コーヒー味ばかりじゃ飽きるよな。ほら」

リクエストに応じて、マーブルカラーのアイスとストロベリーカラーのアイスを食べさせてやる。

「こっちはさっぱりしているのと甘いのでいいですねぇ。颯真さんはこの二つのアイスだとどっちが好きですか？」

「俺はトリプルベリーかな。果肉が入っていてフルーツ感が強いのがいい」

千佳に食べさせたスプーンで自分にも食べさせる。

「うん、王道。こういうのがいい」

「颯真さんって定番とか王道とか好きですよね」

「基礎が大事って思ってるからな」

千佳が口を開けたので、また食べさせてやる。

「そういう意味では、コーヒーの方はモカが好きだな」

「私もモカの方が甘くて好きです。エスプレッソは結構苦みがありますよね」

「それはお前が子供舌なだけだろ。この間のカレーもこっそり甘口のルーを混ぜてたの知ってるぞ」

「いいじゃないですか、別に！」

「…………？　斉藤、座らないのか？」

カップのアイスが半分以上なくなったあたりで、未希がいつまで経っても座ろうとしないことに気づく。

「……ワタシ、帰る」

颯真と千佳がアイスを食べさせ合いながら顔を向けると、彼女が思いがけないことを言い出した。

「は？　ここで食べないのか？　早く食べないと溶けるぞ」

「未希ちゃんもここで一緒に食べましょうよ」

二人は揃って引き留めようとしたが、未希は首を振って拒絶する。

「これ、あげるから二人で食べて」

顔を強張(こわば)らせた未希が、手にしていたバニラアイスのカップをコトリとテーブルの上に置いた。

その時、颯真と未希の視線が合ったが、彼女はそれに気づくと、頬(ほお)を赤らめパッと視線を逸(そ)らしてしまった。

「せっかくここまで来たのに。アイスクリーム、おいしいですよ？」

「本当に、いいから。じゃあね、また明日」

なお引き留めようとする千佳を振り切り、未希は足早に帰っていった。

「急にどうしたんだあいつ。千佳と一緒(いっしょ)にアイス食べるのをドタキャンなんて、熱でも出たのか？」

「何か急用でしょうか」

颯真も千佳も原因がさっぱりわからない。

「まあ、仕方ないか。もったいないし、このバニラも試食しようぜ」

「いいですね。ですが、冷たいものばかり食べてちょっと体が冷えちゃいました。ホットのお茶を買ってきたいです。颯真さんはいかがですか？」

「あー……金あんまりない。千佳の分一口くれ」

「いいですよー」

……なんか、さっきの斉藤、変な感じだったな。

彼女らしからぬ様子で帰っていった未希が引っかかった。

「アイス、おいしいですねー。ほらほら、颯真さんももっと食べましょうよ」

引っかかったが、アイスクリームを食べながらニコニコしている千佳を見ていると、どうでもよくなってきて、すぐに忘れてしまった。

「はい、あーん」

「うん、うまい」

バニラアイスも、おいしかった。


翌日の昼休憩、颯真が自分の席で図書室から借りてきたお菓子のレシピ本を眺めていると、千佳がトコトコと近寄ってきて、今度の日曜日に遠出をしたいです、とえらく漠然とした目標を言い出した。

「遠出って、具体的にはどこだ？」

レシピ本をパタンと閉じながら尋ねる。

「どこでもいいです。電車に乗らないといけないくらいの距離でしたら」

「電車に乗りたいのか？」

「違いますよぅ。私、鉄オタじゃありません」

千佳が不満げにぷくりと頬を膨らませる。

「遠足とか修学旅行とかの時に、旅のしおりを作るじゃないですか。あんな風に日帰り旅行の計画を立ててみたいんです。それから、この間のアクアパッツァのリベンジではないですけど、百パーセントメイドイン私のお弁当も作ってみたいんです」

「なるほど、そういうことか」

今まで千佳は放課後という短い時間での行動計画は立ててきたが、一日丸々プロデュースはしたことがない。家に招待された時は、立てた予定はことごとく失敗してしまったし、きちんとした一日の計画を立ててみたくなったのだろう。

「日帰り旅行の計画も私、お昼ご飯の用意も私ってなったらすごいと思いません？　誰にも頼ることなくやれるようになりたいんです」

「で、その練習に付き合えと」

「ダメです？」

「いや、全然いいけど」

ただし、全部が全部千佳に任せてしまうというのは、少し気が引ける。

閉じたレシピ本にチラリと目を落とし、

「そうだ、デザートは俺に作らせてくれ。ちょうど試食してもらいたい菓子があるんだ」

ここ最近、千佳に色々試食してもらったおかげで、洋菓子に対する理解が進んだと自負している。ここいらで、今の自分が作れる最高のスイーツを彼女に食べてもらうのも悪くない。

「つまり、企画とお弁当は私、おやつは颯真さんが担当ってことですか？」

「そういうことになるな」

「いいですね！　それ、すごく素敵です！」

千佳がポンと手を叩いて喜んだ。

「さっそく行き先を考えますね。ど～こにしようかな～♪　あ、そうだ。三組の須藤さんに聞いてこよっと」

ご機嫌な彼女は、隣のクラスの友達にオススメスポットを聞くために教室を出ていった。

「お前も来るか？」

千佳の背後で黙って二人のやり取りを見ていた未希に尋ねる。

小姑のような彼女に来てほしいとは全然思わないが、千佳を溺愛する未希がこの間の視察一回で納得したとは到底思えない。後でギャアギャア騒がれたくないので、機先を制して誘ってやった。

　未希のことだから、絶対にイエスと答えると思っていた。

　ところが、彼女は素っ気なく断ってきた。

「ワタシは遠慮するわ」

「ひょっとして、今度の日曜日都合が悪いとかか？　だったら千佳に相談しろよ。お前のためなら日にちの変更くらいしてくれるだろ」

　千佳としても、いつも色々してくれる未希に手作りのお弁当を食べてもらいたいと思っているに違いない。

「……ワタシって、優等生でハイスペックでしょ」

　颯真が遠慮するなと言うと、未希が唐突に、そんなことを言い出した。

「は？　どうした急に。ええと、それはまあ、そうだな」

　脈絡のない問いかけに戸惑いつつ、相槌を打つ。

　学年トップの成績保持者で、生徒会副会長で、二つ名が『万能』だ。彼女をすごくないと思っている奴は、この高校には一人もいないだろう。

「みんな、ワタシをすごいすごいってもてはやしてくれるわ。『万能』ってあだ名はダサくて嫌いだけど、そういう評価をされるのは悪い気がしないわ。だって、頑張ってるもの」

「そうだな。お前はすごい」

普段の彼女は千佳をひたすら可愛がり甘やかす親友バカだが、授業中は真面目そのものだし、放課後も忙しく生徒会活動に従事している。彼女に対する評価は極めて真っ当なものだ。それは誰も否定できない。もちろん、颯真も未希はすごい奴だと思っている。

ところが、未希の表情が勝手に曇り出した。

「でもね、特別感が出ちゃってるからか、他の生徒たちと距離があるっていうか、壁があるように感じるのよ。特に男子から」

「あー……まあ、そうかもな」

よく言えば高嶺の花、悪く言えばとっつきにくいというのが、男子の間での未希の評判だ。親しみやすい千佳を狙っている男子の話は聞くが、未希を狙っているという話は全然耳にしない。未希も相当な美人だが、彼女の優秀さ・真面目さが尻込みさせるようだ。

「ワタシだって彼氏とデートしたり、夜中にスマホでくだらないメッセのやり取りしたりしたいわよ。それが無理なら、せめて休み時間に男子と雑談くらいはしたいわ。男子でまともに話すのってアンタぐらいなんだけど、ぶっちゃけアンタと話しても全然楽しくないのよね。だってアンタお菓子バカだし、千佳のお気に入りだし」

「うるせーなこのヤロウ」

軽いディスりに顔をしかめつつ、心の中では驚いていた。未希にこんな願望があるとは意外だ。四六時中千佳にベッタリ張り付いているから、男子に全く興味がないのかと思っていた。

「斉藤って、案外恋愛願望強いんだな」

「そりゃ女子高生だし。それに、漫画オタのお兄ちゃんの影響で少女漫画とか恋愛漫画とかラブコメ漫画とか結構読んでるのよ。ああいうの読んでたら、やっぱり恋愛とかいいなあって憧れちゃうわ」

『万能』も木石ではなかった、ということか。

「で、何が言いたいんだお前は」

クラスメイトの意外な一面を知れたのはいいことだが、それはそれとして、こんなことを急に聞かされても困ってしまう。そもそも颯真は、千佳の日帰り旅行計画に加わるか？と聞いているのだ。

「つまり、ワタシって恋愛に興味はあるんだけど、経験とか免疫とか全然ないのよ」

「それは今の話でわかった。で、だからどうしろって言うんだよ。恋愛相談したいならお菓子バカにはお門違いすぎるぞ。千佳にしろよ。聞き上手のあいつなら真剣に聞いてくれるだろ」

もっとも、彼女も恋愛に精通しているとは思えないから、的確なアドバイスはできないだろうが。

「恋愛相談したいとか、男紹介してとかそういうことじゃないわよ。そうじゃなくてね、その……」

いつもハキハキと物を言う未希らしくなく、口ごもる。顔を赤らめてモジモジし始めた。

「ああいうのを見せられるのは、慣れていないっていうか、恥ずかしいっていうか……」

「ああいうの？　何のことだよ」

「だ、だから……」

話が全然見えてこず苛立った颯真が詰め寄ると、彼女の顔はますます赤くなっていった。

「はっきり言えよはっきり」

「だから、アンタと千佳がイチャイチャしているのを間近で見るのは、刺激が強すぎるって言ってるのよ！」

「……は？」

未希の言葉の意味がわからず、ポカンと間抜けな顔を晒してしまう。

「この間のゲーセン行った時の二人ものすごかったわよ。イチャイチャイチャイチャ！　どーせ日曜日もあんなことをしまくるんでしょ！　あんなの一日中見せつけられたら、ワタシのメンタルどうにかなっちゃうわよ！」

「待て！　待て待て待て!!　誰と誰がイチャイチャしてたって!?」

「アンタと千佳よ！」

「全然身に覚えがないんだが！」

「何言ってんの!?　ハグしたりバックハグしたり、アイス食べさせ合ったりしてたじゃない！　人前でよくあんなことできちゃうわね！」

　未希が何を言っているのかようやく理解して、颯真の方も顔を真っ赤にして抗弁する。

「誤解だ！　俺たちはイチャイチャしているつもりなんて一切ない！　そもそも、俺と千佳はそういう関係じゃないんだからな！」

「そういう関係じゃなくてもやってることは完全にイチャイチャだったわよ！　今度ラブコメ漫画持ってきて見せてあげようか!?　アンタたちと同じことをやってるカップル、二次元には山ほどいるんだから！」

「なん……だと……！」

　無茶苦茶だ。完全な冤罪である。

　颯真は千佳とイチャイチャしようと思ったことなんて一度もない。千佳だって、颯真をからかって楽しんでいるだけだ。距離感は近いかもしれないが、それは未希たちがいつもベタベタするせいで千住の距離感が狂っているからだ。颯真が非難される謂れは一切ない。

「この前は本当にビックリしたわ。二次元の中での出来事をここまで具現化するカップルがいるなんて。ドキドキしすぎて、本当に居た堪れなかったわ」

「だから斉藤、急にアイス屋を出て行ったんだな」

苦虫を噛み潰したような表情を作りながら言うと、未希は顔を真っ赤にしたままコクリと頷いた。

「だって、ものすごく恥ずかしかったんだもん」

「おいコラ、俺たちがとんでもない羞恥プレイをしていたみたいに言うんじゃない」

「恋愛経験ゼロのワタシからしたら十分羞恥プレイよ」

ジロリと睨まれてしまった。

これはマズい。

ひたすら恥ずかしがる未希を前にして、颯真の背中は冷や汗をびっしょり掻いていた。

未希はとんでもない思い違いをしている。全くそんなつもりはないのにバカップル認定されるなんて、冗談じゃない。このまま彼女の誤解を放置してクラス中に蔓延したら、とんでもないことになってしまう。絶対に、ここで食い止めなくてはならない。

「斉藤、やっぱり日曜日付いて来い。そしたら勘違いだってわかるから。な？」

「だから、恥ずかしいから付いて行きたくないって言ってるでしょ！　……二人がイチャイチャしているところをこっそり見るならいいけど」

「実は見たいのかよ！　見せねーよ！　てか、イチャイチャなんてしねーよ！」

教室に千佳がいなくて本当によかった。こんなやり取りを聞いていたら、確実に颯真をおちょくる材料に使っていただろうから。

§§§§§§§§§§§

目の前の真っ赤で豪奢な両開きの扉の向こうから、ザワザワと大勢の人の話し声が聞こえる。

両親や学生時代の友達が、自分たちの入場を待ってくれているはずだ。

ワクワクすると同時に、緊張もしてしまう。

真っ白なウエディンググローブに覆われた自分の手を見ると、気が引き締まる。

いよいよだ。待ちに待ったこの日がようやく来た。

憧れの純白のウエディングドレスに身を包み、今日、自分は結婚する。

この日に胸が高鳴らない女はいないだろう。

「……ふぁ……」

だというのに、傍らで同じく入場を待つ白いタキシードを着た旦那様は、眠そうに欠伸を漏らしている。

「もうすぐ披露宴が始まりますよ。しっかりしてください」

咎めるように、肘で脇腹を小突く。

すると旦那様は情けない表情になりつつ、

「そうは言うけど、ほんの二時間前までケーキ作りをしてたんだぞ。徹夜だ徹夜。欠伸くらい許してくれよ」

「ダメです。私たちの一世一代の晴れ舞台なんですから、みっともない顔なんて許しません」

「厳しいな、俺の奥さんは」

旦那様は苦笑まじりにそんなことを呟き、自分の頬をパシパシ叩いて気を引き締めた。

パティシエをしている旦那様に、どうしても自分たちの式のウエディングケーキを作ってもらいたくて、ホテルに無理を言って借りた厨房で頑張ってもらった。どうせならすごいケーキにしよう！　とイミテーションケーキを一切使わず、全部食べられる三段重ねの大きなケーキを作ったのだから、相当大変だっただろう。

「だけどまあ、久しぶりに仕事じゃない菓子作りをしたから楽しかった。お前も手伝ってくれたし」

「ええ、私も楽しかったです。ケーキ入刀の前に共同作業をしてしまいましたね」

自分がやった作業は、生クリームを塗るとかフルーツをカットするとかその程度のことだったけれど、二人で一緒にケーキを作ったのはすごく幸福な時間だった。

「お父さん、お母さん、友達に見てもらうのが楽しみです」

「元プロのお義父さんお義母さんに見てもらうのは、若干胃が痛い」

「大丈夫ですよ。自信を持ってください。あのケーキはとっても素敵です」

元気を分け与えるために軽く胸を叩くと、旦那様は微笑んでくれた。

「お前が言ってくれるなら、そうかもな。お前に励まされると、勇気が出てくる」

「私は、あなたの奥さんですから。これからいくらでも励ましてあげますよ」

そう、私は奥さんで、彼は旦那様。

そういう関係に、いよいよなる。

「そろそろお時間です。ご準備はよろしいでしょうか？」

ホテルのスタッフが声をかけてくれた。

その言葉で自分も旦那様も背筋が伸びる。

二十年近く前に流行ったウエディングソングが、扉の向こうから漏れ聞こえ始めてきた。

さあ、いよいよ新郎新婦の入場だ。

「なあ、なんでこの歌にしたんだ？　全然俺たちの世代の歌じゃないだろ」

いよいよ、という段になったところで、隣に立つ旦那様がそんなことを聞いてきた。

「どうしたんですかいきなり」

「いや、なんか急に気になって」

「それは……どうしてでしょうね？」

このウエディングソングを選曲したのは自分だが、どうしてこの歌にしようと思ったのか、実はよくわかっていない。別にこの歌手のファンでもない。なのに、自分たちの結婚式にはこの歌じゃないと、と思ってしまったのだ。

「お前らしいと言えばお前らしいな」

理由が思い至らず、うーんと小首を傾げると、旦那様に笑われてしまった。

「あ、私のことバカにしています？」

「してないしてない。お前のことだから、自分でも気づいていない何か大きな理由があるんだろ。というか、こういうリアクションは学生時代から全然変わらないな」

と、ぷくりと膨らませた頬をつついてくる。

「旦那様だって、高校の頃からほとんど変わっていないじゃないですか」

「旦那様なんて呼ぶなよ。なんかこう、ゾワゾワする」

ちょっと嫌そうに旦那様が顔をしかめた。

「じゃあ、『あなた』？」

「それもしっくりこない。今まで通りに呼んでほしい」

そうは言っても、夫婦になるのならば、『旦那様』も『あなた』も間違いではない。

「どうしましょうかねぇ。『旦那様』も『あなた』もダメなら『ダーリン♥』なんて呼び方もありますけど」

「……それはマジでやめてくれ。おちょくられてる感しかしない」

心底嫌そうな顔で拒絶されてしまった。

その顔を見て、ついクスクスと笑ってしまう。

旦那様の困った顔を見ると、ついついからかいたくなってしまう。これも高校時代から変わらない悪癖である。

旦那様の色んな顔が好きだ。遊ぶ時の楽しそうな笑顔も、スイーツを作っている時の真剣な顔も、からかわれた時の困り顔も、寝顔も、全部全部好きだ。これまでたくさん見てきた。そして、これからもたくさん見たい。

だから、ずっと一緒にいたい。

だから、結婚する。

パチパチパチ……！

扉の向こうから、ウエディングソングをかき消すほどの祝福の拍手(はくしゅ)が聞こえてきた。

さあ、いよいよ披露宴が始まる。

「──あ、そうだ」

扉が開く寸前に、旦那様にこっそり耳打ちする。

「ファーストバイト、楽しみにしていますね」

「俺(おれ)もだ。お前が俺のケーキで笑顔になってくれたら、すごく嬉しい」

二人は笑い合い、開かれた扉の向こうへ、同時に踏(ふ)み出した。


──ピピピピピ……。

元気よく鳴る目覚まし時計のせいで、夢はブツンと唐突に終わってしまった。

ベッドの中でパチリと目が開く。

目の前に広がるのが見慣れた自分の部屋の天井(てんじょう)だと知ると、パジャマ姿の千佳は肺の中の空気をゆるゆると吐き出した。

「……なんだか、おかしな夢を見ました」

妙にリアルな夢だった。だけど、頭が覚醒していくとドンドン内容を忘れてしまう。

「なんだったんでしょう、今の夢は」

むくりと上半身を起こしながら呟く。

よくわからない。でも、嫌な夢ではなかった。むしろ楽しい夢だった。

夢の残滓が胸の奥でかすかなぬくもりを放っている。不思議な感覚だ。いや違う。感覚じゃなくて感情だ。けれども、今の千佳にはこの感情の正体が何なのか知る術はない。

「千佳、起きてる？　早くしないと未希ちゃんが迎えに来ちゃうわよ」

お母さんがドアの向こうから声をかけてくれた。

「はぁい、すぐに行きます」

ベッドから抜け出して、カーテンを開ける。

朝日がとても眩しい。きっと今日もいい天気。

さあ、今日も元気に学校だ。

放課後、颯真さんと一緒に何をしよう？

エピローグ

日曜日は見事な快晴で、行楽にはもってこいの日になってくれた。

駅前のいつもの待ち合わせ場所に向かうと、活動的なデニムパンツスタイルの千佳が、弁当が入っていると思しき大きなトートバッグを携えて待ってくれていた。

「悪い、遅れたか？　こいつの準備に手間取ってしまった」

小さい保冷バッグを見せながら、謝罪する。

「いえ、大丈夫ですよ。ちょうど今約束の時間になったところです」

思えば、彼女はいつも先に来て待ってくれている。

「これ切符です。先に買っておきました」

「用意がいいな」

「ささやかですけど、これもやってみたかったんです。いつもお父さんや未希ちゃんが私の分も買ってくれちゃうので」

小学生みたいなことを言うが、気持ちはちょっとわかる。

礼を言いながら切符を受け取り、連れ立って改札へ向かう。

「それ重そうだな。持とうか？」

「おー、男の子って感じですねー。それでは、お願いします」

受け取ったキャンバス地のトートバッグは、予想に違(たが)わず、結構な重量だった。かなり張り切ってお弁当を作ってくれたようだ。

「昼飯、期待してよさそうだな」

「カレーライスじゃありませんから、ご安心を」

冗談(じょうだん)めかして笑い、それから保冷バッグに目を落とす。

「デザートの方も楽しみにしてよさそうですね」

「まあな」

バッグの中身はケーキだ。それなりに自信はある。

「あ、三番ホームです」

千佳に先導されて、駅の構内を歩く。

「そういえば、未希ちゃんを誘ったんですけど、用事があるって断られちゃいました」

歩きながら思い出したように千佳がそんなことを言い出し、ドキリとさせられる。

「そ、そうなのか。残念だったな」

「未希ちゃんにも、私のお弁当食べてほしかったんですけど」

「今度学校に持っていったらどうだ？　喜ぶぞ」

「そうですね。今日颯真さんに合格点をいただけたら、そうします。未希ちゃんの好きなおかず、聞いてみようかなぁ」

三番ホームには、古ぼけた黄色い列車がすでに停車していた。千佳が電光掲示板を見上げて間違いないと確認してから乗り込むと、程なく電車はゴトンゴトンと動き出した。

「よかった。間に合いました」

隣の座席に腰を下ろした千佳が、ほぅっと安堵の息を吐く。

「一本くらい乗り遅れても問題ないだろ。そこまで緊張する必要はないって」

「そうかもですけど。でも、せっかく計画を立てたんですから、きちんと進めたいんです」

と、トートバッグのサイドポケットから顔をのぞかせているお手製の冊子を指さした。

「まさか、しおりまで作るとは思わなかった。しかも、こんなに手間がかかったやつ」

颯真も同じものを手渡されたが、今日一日の予定や見どころ、時刻表の写しなどが可愛らしいイラストと共に丁寧に書かれていて、初めて見た時はその作り込みにビックリした。

「やってみたいことに手を抜きたくないんですよ。颯真さんだって、作りたいお菓子があったら、どんなに作業工程が面倒でも、横着しようなんて思わないでしょう？」

「むしろ、そういう菓子の方がやりがいがあって燃える」

「私もです。そういう点では、私と颯真さんは似ていますし、相性いいかもしれませんね」

「それはどうだろうな」

「えー。そこはそうだなって言ってくださいよぅ」

そっけなく言うと、千佳がむくれてしまった。

……相性、か。

この前、未希にもそんなことを言われた。

まさか、自分たちがイチャイチャしていると言われるなんて、夢にも思わなかった。

自分たちはお互いの目的のために協力し合っているだけだ。協力者とかパートナーとか言われるならまだしも、恋人扱いされるとは。どこをどう見たら、そういう風に解釈できるのだろうか。理解に苦しむ。

誤解を解くために、今まで自分たちがしてきたことを事細かに説明しようとしたが、のろけなんか聞きたくないと拒絶されてしまった。説明がなぜのろけになるのだろうか。意味がわからない。

電車に揺られながら、隣に座る少女を見やる。彼女は窓の向こうの流れる風景を眺めながら、わーと幼い歓声を上げている。

……まあ、可愛いし、なんだかんだですごい奴って思ってるのは確かだけど。

一緒にいる時間が増え、ふんわりと子供っぽいのは彼女の一面でしかなく、その実、自分という確たる芯を持っている少女なのだと知った。なりたい自分になろうとする強い気概と確固たる信念を持っていることも知った。時折見せる大人っぽいＳっ気は困惑するし、やめてくれと思うのだが、一方で大人っぽい彼女に迫られるとドキドキしてしまうし、他のクラスメイトが知らない一面を自分だけが知っているという優越感も覚えてしまう。

……あれ？　思った以上に好感度高いな。

今更ながらにその事実に気づき、自分で驚いてしまう。

「――颯真さん？」

不意に、窓の外に夢中になっていた千佳がくるりと振り返ってきた。

「ひょっとして、私のことずっと見てました？」

「ん……いや……」

肯定するのは恥ずかしすぎるし、否定だと大ウソになってしまう。どう返事したものかと口をモゴモゴさせていると、なぜか千佳が頭を下げてきた。

「颯真さんが言いたいことわかります。ゴメンなさい」

「は？」

「この間買った服を着てほしかったと思っているんですよね。ご期待に添えず、申し訳ありません」

「いきなり何を言い出すんだお前」

「気持ちはわかりますし、私もあれを着ようと思ってたんです。だけど、あの服、腕を思い切り動かすとズルーっていっちゃいそうで。私、今日はキャッチボールがしたいんです」

と、トートバッグの中からオレンジ色のゴムボールを取り出して見せてくる。

「キャッチボールしていてインナーが丸見えになっちゃったら、さすがに恥ずかしいですから。あれ、シースルーなんです」

「待て待て待て」

「嫌です？　キャッチボール」

颯真がボールを奪い取りながら制止すると、千佳はきょとんとした。

「キャッチボールは全然嫌じゃない。そうじゃなくて、なんで俺がこの間の服を着てほしいってなってるんだ？」

そんなこと、一言も言った覚えはない。

しかし千佳はきょとんとした顔のまま、

「だって颯真さん、あの時顔を真っ赤にしながら、ものすごく私を見ていたじゃないですか」

「な……！」

　思わず絶句する。

「気に入ってくれたんですよね。喜んでいただけて、選んだ私も嬉しいです」

「ち、違うッ！」

「そうです？　そうは見えなかったんですけど。ご安心ください。次のお出かけの時にはあの服を着てきますから。颯真さんの気が済むまで、とことん見てくださって結構ですよ」

「別に見たくない！」

「遠慮しなくていいですよぉ。私、颯真さんが見たいのなら、どんな恰好にも挑戦します。チアガールだろうと、バニースーツだろうとチャイナドレスだろうと着ちゃいます。ええ、私も恥ずかしいですけど、恥ずかしがりながらも私から目を離せないというレアな颯真さんを見るためなら、それくらいなんでもありません。何かリクエストあれば、遠慮なくどうぞ！」

「あるわけないだろ！」

「またまたぁ。ほらほら、遠慮なさらずに。そうだ、メイド服とかどうですか？」

「え、メイド？」

好きな単語が飛び出て颯真が思わず動きを止めると、千佳はにんまり笑った。

「颯真さん、メイドがお好きなんですね。ふーん、へー。そーですかそーですか」

「くッ……！　ああそうだよ！　俺はメイド好きだよ！　悪いか⁉」

「あ、開き直りました。でしたら、今度メイド服着てあげますね。喜んでください」

ニヤニヤしている千佳に顔を近づけられて赤面してしまう颯真は、つくづく思った。

これのどこがイチャイチャなんだ⁉　俺が一方的にいじられてるだけじゃないか！　斉藤の非難は絶対に的外れだ！

「お前、俺をいじってそんなに楽しいか⁉」

「はい、とっても！」

「今日イチの笑顔すんな！」

やはり、千佳にどんな風にいじられたかを斉藤に事細かに教えてやろう。千佳と何をしたとか、千佳に何をされたとか、全部だ。そうすれば、自分たちは全然イチャイチャなんかじゃないないと理解するはずだ。こんなやり取り、絶対にイチャイチャなんかじゃない。

千佳にからかわれながら、颯真は心の中で強く決意するのだった。


〈了〉

あとがき

はじめての方、はじめまして。久しぶりの方、お久しぶりです。どうも、水口です。

小学生の頃、お菓子作りに凝っていた時期があります。

きっかけは、青い猫型ロボットが主人公の国民的有名漫画の、ドラ焼き食堂という妄想が出るエピソードを読んだことです。

ドラさしみ、ドラどん、ドラカレー、ドラバーガー、ドラステーキという奇想天外なメニューが描かれていました。ドラ焼きといえば、牛乳と一緒に食べるしか食べ方を知らなかった自分にとっては衝撃的でした。

小学生の自分は思いました。これを食べてみたい、と。

猫型ロボットがこれだけよだれを垂らすのだからきっとおいしいに違いない。是非とも試してみたい。

しかし、親にこれをしたいからドラ焼きを買ってとせがんでも、食べ物で遊ぶなと却下されてしまいました。当然ですね。

しかし、何としても食べてみたかった自分は、買ってくれないなら自分でドラ焼きを作ろうと決意しました。我ながらよくわからない理屈なんですが、どうも自分で作ったものなら何をやってもいいだろうと考えたようです。

ドラ焼き作りは成功し、これに味を占め、お菓子作りをするようになりました。結構色んなお菓子を作りました。クッキー、ゼリー、プリン、クレープ、スフレ、パウンドケーキ、ショートケーキなどなど。レシピ本に載っていて作れそうなものは手当たり次第に作った気がします。

しかし、とある時期からピタリと作るのをやめました。

なぜか。

お菓子のレシピって、たいてい二人分か四人分の分量で書かれているんです。そのレシピどおりに作って、それを一人で食べていたら……。

ちなみに、ドラ焼き食堂メニューですが、ドラどんはおはぎみたいで結構いけました。ドラステーキは、ただのちょっと焦げたドラ焼きでした。ドラさしみは、生地が醤油を際限なく吸ってしまい、とんでもないことになりました。ドラどん、ドラステーキはともかく、ドラさしみはオススメしません。塩分過多で健康を害する恐れがあります。ドラカレー、ドラバーガーは結局できなかったので、試したことがある方、感想を教えていただけると嬉しいです。

謝意を。

お忙しい中、美麗なイラストを描いてくださったたん旦先生、ありがとうございました。今回、無理を言ってヒロインの私服のデザインをお願いしました。話の都合上、いくつか条件を出させていただいたのですが、それを見事にクリアされたうえに、予想しなかった方向のデザインをしてくださり、これがあったかと目から鱗でした。ということで、今作で特にお気に入りのイラストは、ヒロインの私服姿のシーンです。まだ本文を見ていない方、そのイラストだけでもご覧くださいませ。

それではまた。今後とも何卒よろしく。

HJ文庫 https://firecross.jp/
1093

愛され天使なクラスメイトが、俺にだけいたずらに微笑む 1

2023年6月1日　初版発行

著者――水口敬文

発行者―松下大介
発行所―株式会社ホビージャパン

〒151-0053
東京都渋谷区代々木2-15-8
電話　03(5304)7604（編集）
　　　03(5304)9112（営業）

印刷所――大日本印刷株式会社

装丁――coil／株式会社エストール

Printed in Japan

ISBN978-4-7986-3195-0　C0193

ファンレター、作品のご感想お待ちしております

〒151－0053　東京都渋谷区代々木2－15－8
(株)ホビージャパン HJ文庫編集部 気付
水口敬文 先生／たん旦 先生